青春卷

年轻总免不了一场颠沛流离

青年文摘图书中心 编 — 李钊平 主编

中国青年出版社

目
录

蜜蜂与花，华年相遇

文／蒹葭苍苍

一

苏南薰是一个身材消瘦、笑容灿烂、充满无尽热情的女孩，但人们却习惯这样评价她："哦，苏南薰是一个天才少女。"

16 岁这年，南薰考上了 C 市三中的重点班，班里个个都是少年精英，这样的氛围让南薰苦闷。三月的晚自习，停电了，同学们拍手欢呼兴奋叫嚷。南薰开口唱歌，沸腾的教室安静下来，有人吹起口哨与她应和。她唱完，掌声如潮水般在黑暗中响起。这次爆发，纯属意外。

午后，春风和暖，南薰在做物理题。有人递给她一封信，洁白的乐谱纸上写着黑色的字："苏南薰，你好，我是安明朗，我组建了一个乐队，正在找一个女生主唱。吹口哨与你应和的人是我，不管你是否愿意，都请到后校门来一趟，我等你。"

南薰的心也随着乐谱跳上跳下。乐队？主唱？这跟她的生活风马牛不相及不止一点点啊。不过，安明朗这个名字，她不陌生，他也是重点班的一员，是一个个子高高眉目清朗的男生。

南薰收好信，合上没做完的物理题，甩甩手走出教室。

安明朗靠在一棵榕树下，春天的榕树闪耀着融融的新绿，映衬着少年葱茏的脸。他旁边放着一辆蓝色的单车，单车上挂着一把木吉他。他的嘴角漾起微笑。

他说："真的，来吧。阳光这么好，空气里有花香，你为何不在阳光花香里大声歌唱？"南薰轻轻握拳，点了点头。

二

乐队叫"蜜蜂与花"，一共四人，南薰是主唱，安明朗担任主创和吉他手，键盘手叫许松，鼓手叫马儿。为了方便排练，安明朗租了一个小院子。小院子在校后门外的一个小巷里，有几间小平房。乐队在周六和周日下午过来排练，南薰唱安明朗写的歌，也唱他们都喜欢的歌手的歌。南薰喜欢此刻的自己，身心放松，纵情歌唱，考名校的压力和疲惫，全在歌唱里淋漓尽致地释放。

许松大大咧咧，马儿性格憨直，他俩常相互打击逗乐。安明朗才华横溢，爱讲冷笑话。与他们在一起，南薰很快乐。

但乐队这种东西，对三中来说是异类的存在，所以，即使在教室里，安明朗和南薰看上去也是"同学而已"的状态。

南薰却开始悄悄留意安明朗。后来，安明朗收拾了一间厨房，排练结束他就做饭给大家吃，他会做的菜式不少，味道也可口，他的生活能力让南薰吃惊。

南薰吃过安明朗做的饭菜之后，又看了一部叫《深夜食堂》的日剧，剧中说："一个人若是留恋某种饭菜的味道，那一定与一段感情有关。"南薰心中触动，决定学做日式蛋包饭。周末，安明朗有事回家，乐队休息。

她从清晨忙到傍晚，一直失败。最后一次，油锅着火烧了起来，她吓得抓起锅扔了出去，正好扔在刚进门的安明朗脚下。安明朗看看脚下的锅，望望南薰头发上的菜叶，捡起锅笑着问南薰："你想吃什么？我做给你吃不就行了？"

"其实我是想做日式蛋包饭给你吃啊，笨蛋。"这样的话，南薰说不出口。

三

夏天来临，"蜜蜂与花"乐队的存在依然低调，但却不再是秘密。关于安明朗和苏南薰的关系，同学们之间开始有些猜测在流传。南薰并不担忧，她反而希望安明朗听到之后会觉察到她的喜欢。

后来，南薰到底学会了做日式蛋包饭，她做给安明朗吃，也做给许松和马儿吃。她发现，他们在吃她做的蛋包饭时，表现迥异：安明朗是若有所思一言不发只顾埋头吃饭，而许松和马儿却兴奋感动啧啧称赞。

她想，这是否能说明，他们对她，果然是怀有不同的感情呢？

令他们没有料到的是，难听的谣言像秋天的野火，在班级里肆意蔓延，谣言说："苏南薰和三个男生同时交往，臭不要脸。"

南薰听了犹如五雷轰顶。

安明朗激愤无比，他对许松和马儿说："我们是男生倒无所谓，可南薰是女生，她那么纯粹美好，怎能被如此污蔑！我们唯一能做的就是，让乐队成功一次！用荣耀来对抗流言！"他们决定参加下一届的"大学生原创音乐赛"。

南薰也同意了，这时候她要更坚定地与他们在一起。

四

赛程漫长，初赛在十一月，复赛在次年一月，决赛已经排到了三月。

"蜜蜂与花"一路闯入决赛。

决赛现场在电视中心的露天演播厅。那天，灯光闪耀，人山人海，天空飘洒着雨丝。"蜜蜂与花"乐队出现在舞台上，观众席的欢呼响起来。

南薰看到，老爸老妈坐在前排，他们像年轻人一样挥舞着荧光棒。观众席的角落里，还有一张张熟悉的脸，那是他们的同学。他们高高举

起荧光牌：安明朗加油！苏南薰加油！蜜蜂与花加油！

这些人曾经不理解他们，曾经用谣言中伤他们，但今天，这些人放弃了看电视、做卷子，特意赶来为他们加油。

她面前的人声、景物、灯光，顷刻间静谧如海洋，苏南薰仿佛站在海洋上歌唱。她蓦然回头，只看见安明朗静静站在她身后，拨弄着吉他与她轻轻应和。这个她喜欢的少年啊，他赠予了自己如此珍贵美好的夜晚。

"蜜蜂与花"得了第五名，没有进前三甲，没有机会上台领奖。但南薰知道，这样的夜晚，他们登上这个舞台，她唱了他写的歌，看到那么多人为他们加油，这比冠军和成功更有意义。

四月，"蜜蜂与花"宣布解散。安明朗说："乐队已经完成了它的使命，现在大家要为各自梦想的大学努力了，等高考结束，我们再搞一次聚会！"

许松和马儿很惋惜，恋恋不舍。苏南薰却不大伤感，她还能每天见到安明朗。

五

但之后，每当苏南薰约安明朗出去走走，他都找借口拒绝了，他对南薰，竟一天天冷淡疏离起来。南薰迷茫苦恼，不知所措。

许松和马儿倒是经常跑来找南薰，但不管他俩如何热情周到让她开心，她最想看到的，还是安明朗的微笑。南薰的心思他俩也早有觉察。为了让南薰开心，他俩也变着花样去约安明朗，但同样遭遇了拒绝。南薰发现，外班有个叫米笛的女生，经常来找安明朗。他对自己这么冷淡，和米笛却有说有笑。

初秋的中午，大雨刚歇，同学跑来叫她："南薰！安明朗和许松他们在足球场打起来了！"南薰跑到足球场，许松和马儿还有安明朗，三人在草地上扭打。米笛在一旁喊："别打了！别打了！"

南薰冲过去，尖叫："你们都住手！"三个人看到南薰，这才停了手，气呼呼地爬起来。南薰问马儿："这是怎么回事？"许松抢着说："这王八蛋背着你和别的女生散步！被我和马儿撞见，我们气不过，帮你揍他！"

南薰看了一眼安明朗，安明朗将头扭到一边。南薰心口阵痛，转身跑开了。

草丛里的雨水浸透了她的鞋子，水花飞溅起来，将她的裙裾打湿。她的泪水像珍珠般被风吹向四面八方。

南薰再也没有和安明朗说过一句话，直到高考结束。

那天南薰在宿舍收拾东西，安明朗站在宿舍楼下，大声喊南薰的名字。

南薰跑出去，他说："有件事，我必须要跟你说明，我和米笛不是你想的那样。在我心里，米笛只是一个普通朋友。"

南薰怔住，瞬间又充满奇异的勇气，她脱口问出："那我在你心里，又是怎样？"

"你是南薰。"他说，没有半秒迟疑。

许松和马儿也来了，三个男生见了面，互相伸出拳头碰了碰，看来他们早已一笑泯恩仇。安明朗说："兄弟姐妹们，还记得乐队解散时，我说还要搞聚会吗？你们说，搞什么内容好呢？"

南薰说："我想去草原骑马，看雪山，看牛羊。"

三个男生同时点头："好，只要你愿意。"他们在草原上，像牛羊一样自在欢腾。安明朗喜欢南薰，也早就明白南薰的心，但他没提一个字；许松和马儿都喜欢南薰，但他们谁也没提一个字；南薰明白他们的心，她也没提一个字。这是南薰生命里最重要的一次旅行，是关于友情的旅行，关于生命里最初最纯的爱的旅行。

六

南薰没考北大清华，而是选择了她向往的那个走出后校门就能看见大海的学校。

许松和马儿，一个去了北方，一个去了南方。安明朗去了美国，和他的母亲在一起。

出国前，安明朗给南薰写了一封长长的信。在安明朗很小的时候，他父母离异，母亲去了美国，父亲忙于经商，他一个人孤独长大。母亲很思念他，他也很向往国外的生活，出国的愿景早在高一时就已经定下。

安明朗生活在美国东部，与南薰有 13 小时的时差，安明朗的黄昏，正是南薰的清晨。有时南薰很早醒来，她会看到安明朗在微博上，他会说他吃了什么晚饭。很多时候，他说：今晚还是蛋包饭。

南薰很少回复。她知道，安明朗的人生在她所不能企及的远方，他有他的激荡与冒险，而她，也有她的日升月落，四季流转。

在她渐渐长大的后来，她更知道，一生之中，再也不会有那样的少年，陪她成长。她很欣慰，当年曾懂得珍惜。

微成长

文／王巧琳

一

棉花在街角的理发店剃了一个蘑菇头，是剃头匠的儿子艾肯操刀替她剪的。

艾肯一点都不像住在弄堂里的青年，听说他母亲曾是一个大军官的女儿，所以他遗传了母亲的大家族气质，带着种不一样的气度。

棉花是那样喜欢艾肯呀，虽然她有自己的小男朋友，可对于她来说，艾肯像是一个梦想。16岁的棉花希望人人夸她美丽。她时常对着镜子练习成年人的微笑和姿态，可总是失败，她的年少似乎还跟美丽无缘。

她和张笑笑是上个学期末在一起的。张笑笑很阳光，脾气也特别好。但在棉花看来，张笑笑给她的感觉是阳光下睡的一个午觉，而艾肯是午夜里的一个夹带着星光的惊雷。

棉花从理发店出门，听到青石板路上响起了高跟鞋踢踏踢踏的声响。她好奇地将头偏了一寸，看到一双黑色的高跟鞋。那双高跟鞋真好看，带一点蕾丝，鞋跟又细又长。再往上看，看到一条黑色的裙子，贴在身上，露出姣好的曲线。再往上，便看到人脸了，那张脸上戴着一副大墨镜，唇是殷红的，像过于饱满的樱桃色。但最吸引棉花的，还是这个人披在肩膀上，几乎快要齐腰的，全部都服帖乖巧的黑发。

2007年的夏天，隔壁家卖二手电器的杨大叔家的女儿阿薇，像是黑色的闪电，一下子席卷了 16 岁的棉花的眼睛，乃至整个世界。

二

那抹黑色，成日成夜地成了令棉花失魂落魄的源点。

怎么会有那么好看的人呢？也许是那一头泼墨似的一丝不苟的长发？还是高跟鞋？

有一天晚上，棉花找出妈妈的高跟鞋，她艰难地迈步，对着试衣镜，想模仿留在脑海里的阿薇的姿态，却怎么都是邯郸学步，东施效颦。

她的全部好奇心，在那个夏天交付给了一个半陌生的女人。22 岁的阿薇，暑假回家替父亲看着那家二手电器店。

棉花每天出门都会经过那家二手电器店，一台蓝色的旧风扇吱呀吱呀地吹，阿薇坐在里面，依旧穿黑色。

棉花好奇却不敢靠近阿薇，只是远远地看着她，在她抛过来眼神时，她又慌张地移开，一副 16 岁女孩的羞涩紧张。

棉花有了一个秘密。她悄悄地开始攒钱。她决心要走进那家店，跟阿薇名正言顺地说几句话。

于是，她不再流连街口的冰激凌店了。她唯一的冰饮，就是张笑笑时常会买给她的绿豆汤。

有一回，她在冰饮店里等张笑笑，坐在那里百无聊赖地咬着指甲，她抬眼便看到艾肯，再一看，后头竟然跟着阿薇。这两个她觉得顶好看的人站在一起，给人一种遐想的好看，好看得她都看痴了。

直到艾肯微笑地对他几日前的艺术品蘑菇头说，hi，棉花。

她腾地站起来，手竟忘记往哪里放。

阿薇也朝她笑，棉花惊讶地发现，阿薇就算笑都是酷酷的，带点儿毫不收敛的媚。

她有点想逃，心想幸好张笑笑没来，否则他们俩该跟他们俩撞头了。这两个他们俩，天知道有多大的区别！

张笑笑却不合时宜地迎着一张少年的笑脸走进来，满脸歉意。

她竟杵在那，不知该怎么办，只用生气的脸对着他，心里挣扎，走还是不走呢？

而这个时候，艾肯笑得眯起了眼，跟阿薇说，小丫头早恋呢。

她的脸顿时红了，心里说不出的复杂，她不知道，她的恼到底是三分跟艾肯有关，还是七分因为阿薇目睹了她年轻的、不怎么样的爱情呢？

于是，她阴森森地朝着张笑笑说，走吧！

棉花的脑子里乱糟糟的，经过一个橱窗时，她看到镜子里的自己。

她觉得自己简直像个球一样，难怪走不动，那样细的高跟鞋，怎么能托起她这样的胖子！

她看自己，看到恨了起来。那个圆滚滚的蘑菇头，让她气恼极了。她必须留长发！长到齐腰的那种，缠住所有人的眼睛！

三

棉花终于攒了两百元钱。这一天刚好是她的16岁生日，是成人前的，微成人第一步。

她终于跑到二手电器店。今天很巧，杨大叔也在。他看起来干瘦干瘦的，皮肤变成了姜黄色。

"要买东西啊？"杨大叔问她。她有点儿失望，她希望对话的人，是阿薇。兴许是上天感受到了她的遗憾，阿薇站起来，走到她面前，问她要买点什么。

棉花变得紧张起来。"我……要个电扇。"她指着那台蓝色旧风扇说。

"四十块。"阿薇言简意赅。

她慌慌张张地递给她钱。

"拿好了，别让灰尘沾到身上。"

她们的对话只有这样几句，可是棉花还是觉得很满意。

还有，她近距离地瞥见阿薇脸上的雀斑，原来她也有不好看的地方。可是待到她打开电扇，脑子里却扭转了。

为什么，她连脸上的雀斑都那么好看？一点都不别扭的好看！

四

棉花和阿薇成了朋友，是因为艾肯。艾肯总是拿她的发型自夸，跟阿薇说，你什么时候想剪头发了，我给你剪！

阿薇只是笑。棉花想，她的头发那样好看，如果剪掉，她都会替阿薇惋惜，即便是艾肯亲自剪，她还是觉得可惜。

她还是不太敢跟阿薇讲话，说不上来原因。那种带点嫉妒的崇拜和好奇，像是挣扎在鱼缸里的鱼，呼吸急促，心却急得要命。

张笑笑倒是跟阿薇很说得来，但是他从不觉得阿薇有多美，他总是说，还是棉花好看。

后来有一次，艾肯约他们仨一起去看《胭脂扣》。

看着看着，棉花忽然意识到阿薇跟片中的那个如花有几分相似。那种自知美丽和看似洒脱，到后来却融化成最深情。

在那一刹那，她看着阿薇沉静却隐藏悲伤的侧脸，好像看到她的眼泪。

原来阿薇的酷是装出来的。于是，她更加羡慕阿薇。装洒脱到一丝不漏，不比真洒脱容易。

而棉花也被电影感动得稀里哗啦，张笑笑拼命递纸巾，棉花却说，你们男人都不是好东西。

阿薇头一次对棉花表示亲昵，她拍拍她的肩膀，"还是有的。"

那时候，阿薇肯定以为，艾肯也是吧。

那天晚上，棉花并不是故意跟踪艾肯和阿薇的。在他们家的巷子口，她不小心看到他们接吻的样子，犹如一幅剪影的画面，棉花近乎看呆。

那一刹那，她觉得自己身体里那颗种子破土而出。

五

张笑笑只牵过棉花的手，他礼貌得让她觉得这不像一场恋爱。这让她的沮丧，终于在目睹一场于她而言盛大的爱情场面后，逢勃发展。

棉花开学的时候，阿薇却迟迟没有去学校，棉花好奇地问她是不是大学开学很晚。

阿薇的眼睛里沾了灰，却依然平静，说，我不去上学了，我要留在家里。

她说了一句令棉花终生难忘的话，"你怕不怕，你一个转身，你最亲的人就跟你擦肩而过，再也不能见了呢？"

怕，怎么不怕！棉花那天头一次思考这个问题。短短一个夏天，棉花感到成长这个名词在她身上、心里，统统烙下了印记。

她的头发只长长了一寸。她想，有一天她会变成阿薇的，那样长的头发，那样瘦，那样漂亮，迷得艾肯那样的男生说不出话来。

她打算跟张笑笑分手。

可她需要一个理由。所以她挑衅，找茬。但张笑笑的脾气总是那么好，就叫棉花于心不忍了。

而艾肯跟阿薇的爱情，受到了阻碍。

艾肯的妈妈，曾经是军官的女儿。虽然她当年嫁给了剃头匠，可是她的儿子必须要娶大户人家的女儿。阿薇自然不够格。

可艾肯和阿薇还在偷偷地约会。有一次，他们两个人被逮住了。

当时的棉花，正和张笑笑出发跟他们碰头。跑过去时，她们已经吵了起来。

那个剃头匠的妻子跳脚来骂阿薇，就你那副德行，以为我儿子看得上你？

阿薇也不甘示弱，你以为自己是皇亲国戚，能攀得上别国公主吗？多照照镜子数数存折吧！

棉花当时惊了，阿薇骂起人来的刻薄样子，让她整个人发出闪电一样的光，劈得剃头匠的妻子眼冒金星。

那女人脸上挂不住，她气急了，冲上去就抓阿薇的头发。

阿薇轻易就被拽低了头，疼得脸上变了色，表情却依旧不变，只恨恨地、平静地接受这个发起疯的女人的拳打脚踢。

阿薇是在试探艾肯。

艾肯就站在旁边，只是一副无可奈何的表情地看着。

那无可奈何，让棉花觉得，这就是世界上最可耻的表情。

虽然她嫉妒着阿薇，嫉妒着她的美丽和年纪，却不再嫉妒曾经被她深深羡慕的爱情。

六

阿薇失恋了。阿薇像是从棉花第一次见到的那个神秘人，变成了一个她熟悉的有点可怜的人，可是棉花依旧喜欢她，羡慕她。

阿薇开始找工作。

棉花眨巴着眼睛说，你该去上学，把大学念完！

可阿薇说，不念了。我爸得了肝病，不如在家照顾他，而且这个店是他的命根子，只有我能把它经营下去。

棉花忽然发现阿薇的酷，不是在于她的姿态，而是她的态度。那种，对于人生，对于亲情和爱情的识别程度。

她和张笑笑分手的契机，是因为妈妈看到他们两个一起放学。

其实妈妈根本没有说什么，张笑笑那么礼貌得体，妈妈也知道他家里财大气粗。可是棉花终于找到机会了，她跟张笑笑说，妈妈不让我早恋，我们分手吧！

张笑笑还是笑眯眯的，问她，那等我们成年了……

到时候再说吧。棉花说。

分手的那天，她跑去跟阿薇聊天，大有一种"我跟你成了同类"的亲切感。

可是阿薇劝她说，你那个小男朋友多好。别人有多好看都不关他的事，他的眼里就是你了。

棉花说，那是因为他还小。

阿薇的笑里带点轻蔑。这世间，如果少年时代听得进过来人的建议，那少年便不为为少年，世间也不再会有那么多重复的烦恼。

之后，越来越多的传闻说阿薇跟了一个有钱的男人，为了钱。

棉花终于不能说服自己再崇拜阿薇，那个连缺点都被棉花崇拜的阿薇，终于变得微不足道，甚至不被看得起了。

棉花做过最后一个努力，她曾跑到阿薇家，开门见山地问她。

"你是不是跟一个有钱人在一起了？"

"是啊。"

"是为了钱？"

阿薇的表情绊了一下，尔后露出最开怀的笑容。她说："是的，我是为了钱。可是我没做错什么啊。那是个离了婚的单身汉，我没碍着谁的幸福。如果他会娶我，给我爸爸治病，难道不应该吗？"

棉花没有回答，她16岁的人生经历让她无法回答阿薇的问题。

那日棉花回到家，将那台风扇找了出来，旧电扇带来的风吹乱了她的头发，也带走了她在成长中，对阿薇的种种崇拜和幻想。

她也明白了，不管怎样，她都不能长成阿薇那样，不是她不够漂亮，而是她跟阿薇的经历不一样。

那些阿薇不提的，她统统都在后来的岁月里明白了。

在阿薇丧母，又被密友出卖，被所有人骂狐狸精，甚至有人用污水泼她的时候，她也是16岁。

她的成长没有一个榜样和模板，她就自己摸爬滚打地长大着。

棉花就在那时候，把自己过肩的头发一刀剪落。

然后她开始哭。镜子里的那个女孩，表情悲怆，忽然很怀念那条青石板路上，她看着阿薇走来的场景。

那时候，成长还没有开始。她身边还有一个叫张笑笑的男孩。

七

不久后，听说阿薇带着杨大叔去上海治病了。棉花再也没有见过阿薇。

后来棉花上了大学，她没有成为阿薇那样的人。她成了一个最普通的大学生，忙于学校里的各种活动，也为自己的未来发愁。

而张笑笑去了英国留学，没有再联系棉花。他们都有彼此的QQ号，却即便是在线，她也没有主动跟他说过话。只是她常常去看他的博客。没有一句有关爱情。直到有一天，她读到他写的一篇博客。上面只有几个字。

她却一下子泪流满面。那句话，很多年前阿薇就跟她说过。

他说，我以为我的眼里会出现别人，但除了她再没有别人了。

原来阿薇说的是真的。她崇拜着阿薇，却没有听她的话，这是她此生，最大的遗憾。

左 下

文/大 卫

左下的真名叫黄海风，是我异地求学时，同居 301 的舍友。因其所住的双层床位于宿舍门的左侧，且床铺在下层，故以左下名之。同理可证，我们宿舍的另外三个哥们儿就分别叫作：右上、右下、左上……

那时，我们都有一颗躁动的心，左下比我们大两岁，这方面的表现尤甚。大概二年级的时候，左下迷上了药剂班的一个女孩。

那女孩天天从我们宿舍窗下经过，很清纯、优秀的那种。一见她下自习回来，或者往食堂打饭的路上，只要经过窗下，我们三个人，就齐声唱："我——爱——你——"那女孩倏地跑远了，随之我们就接着唱下去："塞北的雪——"只有左下不唱，嘴唇抿得紧紧的，眼里露出一种光来。

后来，右上——也就是孟海洋，不知怎么打听到了那女孩的有关情况，叫娟，无锡人，独生女。有天，他神秘兮兮地对左下说："娟对你印象不错，说你篮球打得好，就是嫌你这人太瘦了。"

左下信以为真，此后，他更加关注娟的行踪，只要她经过窗下——确切地说走在路上，甚至离窗户还有相当一段距离，左下就早早地趴在窗户后面瞅，像阅读一部名著一样，他对娟的那种情愫，我们都能够感受出来。

左下来自苏北一个贫穷的小村，而娟却来自富庶的大城市。十多年前，城乡之间的差距比现在大得多，更甭提一个乡村小伙与城里姑娘的心理差距了。我们都为左下壮胆，劝他写情书，递条子，但左下就是怯怯的，其实他做梦都想写，就是有贼心无贼胆。

我们却发现左下有了一个显著的变化，那就是饭量大增，且每天晚自修后，必到操场耍几下单杠，玩几个俯卧撑。不论刮风下雨，他都雷打不动地坚持锻炼。噢，我们明白了，他这是"野蛮其体魄"。

那时候，左下爱钻图书馆，净拣与营养有关的书来读。也许是其孜孜以求的精神，感动了上帝，他终于知道一个可以与快速养猪法相媲美的速肥术：多吃糖。

但那时食糖供应紧张，怎么办？左下自有左下的办法：献血。因为那时只有凭献血证，才可以换到食糖供用票，说起来不怕吓你一跳两跳的，以血换糖，不是杀鸡取卵吗？但左下是学医的，他知道这血即使不献出去，也在 120 天之后自然代谢死亡。真不知他哪来的精神。

糖换来之后，还得了 60 元营养费。当时 60 元可不是个小数目，他请我们每人吃了一海碗大肉面。拿人手短，吃人嘴软，我们哥仨纷纷拍左下马屁：娟可真是个好女孩，若与你恋爱上了，哥们儿，一定能带给你个温柔乡……

左下的脸红了：那是，那是，但我现在最主要的是先让身体胖起来。

右上说：你胖了，也显得壮实，娟也可以做依人之小鸟矣。

左下天天把糖像补药一样吃，过了个把月，人真胖了起来。这下，他有了谈恋爱的资本，终于在一次学校举行的元旦联欢会上，和娟接上了火。

初恋的左下，完全换了个人似的，这家伙不知从娟的樱唇上采撷了多少激动、忐忑、甜蜜。

左下和娟，有次外出散步。左下问：你原先嫌我太瘦是不？娟不解：我何时嫌你瘦过？我只说你篮球打得不错，别的可什么也没说呀。左下这才知道他的"速胖工程"原来是右上搞的恶作剧。

那一年中秋节，娟的父母从无锡赶来看她，不知怎么得知了女儿恋爱的消息，且谈的是家在苏北的穷小子。二老气得把娟训斥得鼻子不是鼻子，眼不是眼的，并找到左下，以其如再与娟来往，就告之校领导给予处分相威胁。左下与娟的初恋，就这样被扼杀在萌芽状态了。

当娟再一次从窗下经过时，我们又唱起了："我爱你——"左下接着唱："塞北的雪……"声音低低的。

娟也走得慢慢的，低着头。

左下瘦了下来，吃什么糖也没用，一直到毕业。

匿名的好友

文／杨澄溢

一

在我为数不多的朋友里有这样一位已经不能再好好叫出对方名字的人。他占据着我十几岁青春里不容小觑的一块面积。好像魔法师施下的一轮黑色屏障，导出足以让人却步的电流，把想要闯出结界的我困在其中。

初中升高中的暑假要进行一次军训，为期一周。学校发的军训服实在太大，我是去办公室找班主任的时候第一次见到黄。那会儿他穿天蓝色短袖衫，头发打理得很干净。他率先说刚才发的裤子大了穿不了，抬头看我时嘴角似乎稍稍咧开了一下。

班主任告诉我和黄存放军训服的教室。一路上黄都走在我前面。他走路的样子不是特别精神的那种。我也没有叫他，毕竟"主动"并不是我主打的风格。就这样紧随着他的脚步，穿过一条走廊，两条走廊，下到二楼各自换取了小号的裤子。

男生和女生寝室的位置也是一前一后，但这次换我在前面，黄开口说："你到了啊。"黄手上拽着迷彩裤，好笑地举起它对我挥一挥，简单地说了一句"再见"。

这是和黄的开篇，没有丝毫特殊的剧情。他以"再见"结束平淡的起点。

晚上去教室肯定有逃不掉的自我介绍。

黄××，1990年正月十六生日，水瓶座。毕业于某某初中，我一惊，是我老家的学校。爱好踢足球。话毕，他送出一个很满的微笑，脸有些红，疾风似的跑下讲台坐回自己的座位。我和他隔了一个小组的距离，他在我后方，所以打消转身去看他的念头，将他刚才的样子小心、完整地剪下来，贴到心上。

那个时候不管是漫画还是偶像剧，男主角几乎都要打得一手好篮球，被花痴的友人拉去篮球场看男生打球成了每节体育课不可缺少的戏份。而那时的我总在想，如果黄你也打篮球的话是不是会获得更高的人气。你在另一侧的足球场踢球，和我离得有些远。

体育课临近下课，有女生因为要上厕所的缘故传来一件藏蓝色外套和一串钥匙、一张饭卡。身边的同学都摆手丝毫不想接下这帮男生暂管衣物的活儿，传到我手上时下课铃声响起来，正当我烦恼该将它们如何处置时，黄你捧着足球朝这边走来。

"怎么到你手上了？"看你汗流浃背的样子，一只眼睛还眯了起来，疑问句全然带着调皮的跳跃语气。

"我也是刚刚接到这个任务。"

"你有餐巾纸吗？"他的话丝毫没有逻辑。

我急忙从裤袋里掏出半包纸巾递给他，他抽出一张，很利落地擦了一把脸，然后从我手里拿回属于他的东西。

"下次体育课还能帮我忙吗？"他摸着后脑勺，一气呵成地再丢给我一个疑问句。

我就像被人控制后只会做点头这一个动作的木头人，答应下来，没有半分犹豫。

"谢谢！"他说。

不用谢，没什么大不了的。我在心里重复着，第一次正视黄。他的眉宇间透着百分百男生的魅惑。就算不是最帅最出众，也已经被我提升成了最帅最出众。

三

记忆里和黄逃过一次晚自习课。

墙上的挂钟快要敲到九点，我突然对黄说想吃麦当劳。黄挑了挑眉毛，说现在就去啊。他拉过我的手腕，把食指竖起放到嘴唇上，示意我不要出声。我和黄压低身子，躲过老师的视线，一路挪去后门。还没等我来得及再考虑片刻，黄"吱啦"一声打开门，硬是把我拽了出去。

"喂，我们出不去校门的。"

"我知道啊。"

"那现在是什么情况？"

他转身看向我，提议道："遛操场去。"

冬天了，户外的气温有些冻人，黄使劲搓着手，嘴里哈出的气在夜里显得特别迷蒙。我和他走了一圈操场。忽然，黄发了话。他喊我的名字，让我答应帮他一个忙。直到那一刻，我才知道这个"忙"有多么无可奈何。路经校外的车一辆接着一辆开过，车前灯的光一道道切来。白色的光芒照亮我和黄的脸。我看到他的睫毛，看到他棕色的瞳孔，他抿一抿嘴，"下周末陪我上街挑个圣诞礼物吧。我想送给你们寝室的叶，我挺喜欢她的。"

黄的话推翻了我全部可笑的臆想，我深吸一口气，背后像被人抵了一把刀。"你怎么不早点告诉我？好朋友这点小忙不帮不行啊。"我把手握成拳，伸出去用不大不小的力道捶了一记他的胸口。

又一道光切来，他的笑容咧得很开。其实也没什么好感伤的吧。黄你又不是我的专属品。

四

我们在商业街的精品店里来来回回挑着礼物。他报备给我的存款是一百，但相中的那款水晶八音盒竟然贵到一百五。我劝他还是再看看吧。他咬咬牙，把剩下的原本可以撑过下周五的饭钱拿了出来。付出两百，找回五十。我问这星期的生活费怎么办，他呈现出男生常有的大大咧咧的性子，说不打紧的，会有办法。我说我这边的钱还够让他先用，他还大男子主义，硬是打出"男人怎么可以伸手问女人要钱"的旗号。拗不过他，只好作罢。他把包装好的礼物小心翼翼地放进书包，和我去坐公车。

走到半路黄说还得买晚饭。我和他就跑去铁板年糕的摊子上点了一份年糕和一份炒米面。黄不让我付钱，叫我别嫌这餐饭寒酸，下次一定请我吃麦当劳。我鼻子酸酸的，不敢再说话了。

黄向叶表白失败的事在同学间传开了。平安夜那天黄买了平安果给叶，然后从书包里拿出他精心挑选了一下午的礼物。女方显然吃惊得不得了，可并没有产生被告白之后的喜悦。她把黄送的东西退还给他，摇摇头说："不好意思，让你费心了。"

叶是非常安静的女生，有好看的双眼皮大眼睛，一头乌黑的长发一直扎成马尾。哪个男生不喜欢漂亮的异性呢？

五

假期黄买了手机，开始给我每天发几条短信。我扮演的角色是帮他加油打气的人，又或者是牵线搭桥的红娘。那段时间每天帮黄传纸条给叶，他在小卖部买了好多零食装进塑料袋让我带给叶，又草草地塞了一杯香飘飘奶茶到我手上。我不想要，他却不依。也许只有我在迁就，听从着他，别人不会这样。

回老家给奶奶拜年，他来车站接我，帮我提行李。我们站在大桥上看远方的风景。黄偶尔煽情一下，承诺要和我做永远的朋友。我的心怦怦跳动着，倚在栏杆上打量他的侧脸。

黄，如果你能明白我的心意那该多好。我往你手心写了一句日语，你拍我脑袋骂我学什么鸟岛国话。好多事我们都是无能为力的，就像黄你不满意我喜欢看日剧那样，我也不情愿把你拱手让给别人。但前者的你可以堂堂正正责备我，后者的我却只能将世界织成透明的网，任由你在网格上行走，守护你不掉进深渊是我的使命。我的秘密如此昭然若揭，你看，我都写给你了，你又不肯知道。

六

新学期开学后明显能感受到黄和我的疏远。他似乎想通了些，对叶的态度也变得没之前热烈。

学校三月末组织高一年级春游。六个班被合并到四辆车里。我张望开在后面的那辆大巴车，给黄发去一条短信，问他到百草园门口后准备先去哪个景区逛逛。

黄没有回复。我背着多多少少的心思和室友们挽手拍照。午餐时遇到隔壁宿舍的女生。她们正在聊一则新鲜出炉的八卦，打听之后才知道是关于黄的。

"你们还不知道吗？他们已经确定恋爱关系了，刚才就两个人一起去看的樱花。"

"听说是上学期运动会他问我们班那女生借了本书，一来二去就勾搭上了。哈哈。缘分这种东西真是奇妙。他们应该在花树下接过吻哦。"

我都忘了自己在百草园走了多少路。室友拨来电话，让我赶紧去跟她们会合，竟也没抱怨我擅自离队。脚酸得快站不直了，坐在路边，阳光一缕缕洒遍全身。如今的黄已经不需要我的存在了。

我拖着疲惫的身躯到大门集合。在园区超市门口看到黄和三班的他的女友站在一起。两人靠得很近。黄你什么也没告诉我就径自走去了另一个世界。

真的好累啊！我抬头仰望刺眼的太阳，光线掉进视网膜后眼睛瞬间一黑。我急忙拿手去捂，放下时却接出了一把泪。

七

黄说这个学校他最对不起两个人，一个是我，另一个是现女友。他只是想用恋爱来麻痹自己对叶的喜欢。至于我，我不过是他接近叶的跳板。

八

高二文理分班的暑假我转了学，和黄也早已断了联系。

后来我还去过一次当初的学校。我坐着曾经和黄一起上学放学的公交车，走着那时和他踩出不知多少脚印的走廊。

又一阵下课铃声响起，黄你随人潮从教室走出来，和几个男生在走廊靠着栏杆谈笑风生。就像从前一样，默默地注视着你，偷偷地观察着你，把和你的每一次交集写进短暂的十七岁。我是这样的懦弱消极，直到现在也舍不得给你一个用以故事完结的句号。

我们那时都很年轻，我们那时还很年轻。宇宙说：把你的心事唱成一首歌吧。无论他在何方，风声帮你传送。

柯南的世界很美好

文／鲍鲸鲸

前几天，有个网友在微博上转给我一组照片，照片是日本鸟取县的柯南小镇。小镇里到处都是日本漫画家青山刚昌笔下的柯南形象，雕塑啊、招牌啊，连井盖上印的全都是他。

我愣愣地看着照片发呆。从15岁开始喜欢《名侦探柯南》的我，好像已经有一年没看过了。

开始喜欢看柯南漫画，是15岁。那个春天，我和我那时最好的朋友丁满在食堂里吃完午饭，溜达到操场旁租漫画的小店，每人租三本柯南，买两包薯片，再回宿舍各自床上闷头看漫画，一边嘎吱嘎吱地嚼着薯片，时不时还要空出嘴来交流一下案情。

常常是两三本漫画看完，带着一脸的薯片渣，睡着了。这么一睡，就直接睡到晚饭了。

15岁那年的春天，宿舍里其他的女孩，有的已经有了喜欢的人，开始偷偷化起了妆，有的已经开始为了上更好的大学勤学苦练。大家都在这个春天里努力地发着芽，除了我和丁满……我俩每天就那么缩在柯南的世界里，除了掌握很多的犯罪常识、吃了很多的垃圾食品外，该花精力去做的事儿，一件都没干。大把大把的优质时间就像卫生纸一样，被我们毫不珍惜地拽下一大截，擦了擦鼻涕，就随手扔掉。

可是那个春天，是我最开心的春天。薯片好吃，柯南好看，而漫长的下午睡的那些午觉，可真算得上是好梦不易醒。最最关键的是：在我拖这个世界后腿的路上，有好朋友做伴。这其实是 15 岁的我们最想得到的安全感。

到了高考，我们都各自回家复习。我每天复习一个小时，看一集 20 分钟的柯南动画。背一会儿英语单词，看一会儿雪夜凶杀，就这么轮流交替，有点儿像潜水，在卷子堆成的深海里喘不过气了，就探出头让柯南救救我。

我现在坐在飞往东京的航班上。那个随处可见柯南的小镇，我还是决定，替 15 岁的我去好好看一看。

在青山刚昌纪念馆里，游客可以租漫画中人物的衣服来穿，比如柯南的西服眼镜红领结。很多当地的大学生游客都喜气洋洋地换上这临时的戏服，拉着朋友们合影，光看着，就很赏心悦目。

打扮成柯南这件事，我也曾经做过。

大学刚毕业的第二个冬天，柯南的剧场版电影第一次在国内上映了。那时，小王同学知道我喜欢了柯南好多年，就张罗着带我去看，还打听好了首映的时间。我俩商量着：国内柯南的粉丝那么多，一定有很多粉丝打扮成剧中人物到场庆祝。

小王深表认同：那我们那天，也穿成柯南那样！

到了首映那天，一见面我就笑坏了，小王穿着平时参加婚礼时才穿的黑西装，衬衣煞白，显得脖子上的红领结格外刺眼。作为资深粉丝的我，都没他那么庄严，没有蓝西服，就找了件普通的蓝毛衣凑合，领结倒是也有，但我不好意思戴着，偷偷地装在口袋里。看到这么认真打扮出现在我面前的小王，我实在有些汗颜。

我俩兴冲冲地跑到了影院，一进影院大厅，就不断有人向小王投来好奇的目光，而且整个大厅里，除了我俩，并没有其他打扮成柯南的影迷出现。

怎么会这样呢……后来才发现，首映是昨天。

我俩丧鸡一样地颓了一会儿，接受了这个残酷的现实，盛装打扮的小王同学晃晃悠悠地去柜台买电影票，我坐在原地等他。这时，身边的一对情侣指着小王的背影说：快看快看，这个人打扮得好像小沈阳哎。

我看着远处的小王同学，心里不禁为他落下泪来。

散场后，我俩又恢复了元气，一边哼着主题曲一边走出影院。我随口问小王同学：哎，你是从什么时候开始喜欢柯南的啊？

因为没穿外套而冻得哆哆嗦嗦的小王同学漫不经心地回答我：从喜欢你以后啊。

那一刻，我觉得他一点儿都不像小沈阳了。

新的柯南剧场版又要上映了，小王同学，这次，我们也要穿西装去哟。

而且，我打算重新开始追看柯南了。虽然每集都有人死掉，但好人们还是天天都活得很乐呵，这么看来，柯南的世界还真是很美好的。

你走吧，趁我们还未老去

文/碎 碎

一

放学后的校园很安静，空气里不断传来篮球与地面碰撞的"砰砰"声。

我和高年级的学姐坐在篮球场的看台上，正向她请教做物理题的秘籍，恨不得把她扑倒在地，掐住她的脖子歇斯底里吼："快说！你是怎么拿到物理竞赛第一名的！你还算是人类吗？！你一定有解药对不对！交出来啊啊啊！"

可是学姐似乎完全没有觉察到我内心张牙舞爪的邪念，仍然对我循循善诱谆谆教导。我一边嗯嗯嗯地点头一边唰唰记着笔记。

明天。明天就是全市物理竞赛的日子。倘若能在这样的比赛中获得名次，就可以拿到参加自主招生的名额了。

"林语——"下面传来叫我名字的声音，"我的自行车破胎了，载我回家啦！"王雨清托着篮球在台下吆喝。我在心里将王雨清践踏了万数次。

"你这个晦气王扫把星，你的良心没有阵痛吗？我差一点就问到核心了……"我攥着电动车的车把对坐在身后的王雨清大声控诉。

"正所谓'师父领进门，修行在个人'，你问再多也没用啊，关键是看施主的造化。"这个混蛋就这么自顾自地在风中凌乱了起来。

想到明天的竞赛我紧张得屁滚尿流，凭什么这厮就活得这么畅快。昨天给孙菲菲打电话也是——"我好紧张啊，求安慰。""么！""你走点儿心好么！我一想到我坐在考场上就有一种失禁的冲动。""买包尿不湿吧，关键时刻可以轰击大姨妈。""滚。"

至于吗？有时候我也忍不住这么质问我自己。我很累，我很努力。在别人熬夜看电影看动漫的时候，我在挑灯夜战做模拟卷；有时候我也觉得自己没得救了，上周孙菲菲来电话很认真地问我："怎么办啊，我分不清李阳和庞龙啊！长得太像了！"我竟脱口而出"用牛顿第二定律"，孙菲菲果断挂断了电话。是啊是啊，我走火入魔了，可是如果不把那些知识烂熟于心的话，一想到周检测、月考、联考、一模二模三模、高考……娘嘞……我就会神经质地紧张，坐立难安。

到达楼下，我停下电动车。"啊……听孙菲菲说她们学校有个女生追你追得可凶了，是吧？"我一边掏钥匙一边贱兮兮地用手肘捣了捣王雨清的肋骨。

"你想知道啊？""嗯哪。""呵呵。"

然后这个贱人就三步两步跑上楼了。

二

我和王雨清青梅竹马。

四岁时我和王雨清在家属院的传达室门口相遇了，他坐在台阶上抱着个比他脸还大的地瓜在那儿啃啊。然后我一个箭步冲着地瓜桑奔了过去，结果王雨清不仅不松手还向地瓜上吐口水。最后我们两个谁也没吃成，弄得脸上手上黄灿灿黏糊糊，像刚从粪池子里爬出来一样……如此浪漫的相逢以后我们就宿命般地绑在了一起，我们狼狈为奸沆瀣一气成天捣蛋，后来上了幼儿园又把被人欺负在角落里啜泣的孙菲菲纳入了麾下。

后来我们上 A 中，孙菲菲选择了离她家近一点的 B 中。王雨清自称我和孙菲菲是他的后宫——"爱妃甲爱妃乙，快给朕看看哪个牌子的鞋比较洋气。"而我和孙菲菲则大肆宣扬王雨清是我们的好闺密。

所以当听说王雨清有了爱慕者时，我当然抱着十二分的好奇心一探究竟。

"你觉得怎么样？"物理竞赛后，我一身轻松和孙菲菲通话。

"相貌还 OK，现在学播音主持，其他的不了解啦。"孙菲菲在电话那头用浓重的鼻音作答，我想起她昨晚在 QQ 人人微博上到处嚷嚷着"流感星人伤不起"。"对了，你今天考试怎么样？"

"考试就是为了走出考场那一刻而存在的啊！考完了我觉得每个毛孔都爽翻了。只是坐在我前面的女生被抓住作弊，吓了一跳。"

"你的黑头和痘痘还好吗？"

"……照顾好你的流感桑吧。"

王雨清是个好青年，我对灯发誓我没有半毛钱的想法。那些少女的憧憬全都早已溺死在柴米油盐的生活中了。——"小语妈啊，我们雨清尿床啊，昨晚在床单上整了个世界地图啊。""我们小语还好，就是她爸做的狮子头她撑死都要吃完，结果半夜起来呕啊。"诸如此类。

A 中 B 中联合搞篮球赛，在市体育馆举办，我被孙菲菲拉过来看球赛。

"那个大腿最白的怎么那么眼熟。"我戳戳孙菲菲。

"清姐呗，你们果然是真爱，凭着两条大腿神一样地相认。"孙菲菲掏出手机拍照。

"你觉得我们从天而降王雨清会不会感动得直接尿了。"看完了比赛我从包里掏出纸巾打算递给王雨清。

"没准……啊！他已经看见我们了！"

"朕来啦！"王雨清热气腾腾地向这边冲，我看见他后面还跟着个一溜小跑的短裙妞。

"就是她，也挺可爱的。"和王雨清还隔着一段距离，孙菲菲小声说。

"我见过……"那么一瞬间，记忆搜索到了，"你还记得我跟你说过物理竞赛有人作弊的事吧？"

三

晚上十一点，我手机嗡嗡响了起来。"我和王雨清已经在一起了，麻烦你滚出他的世界。"是陌生号码发来的，不过发件人闭着眼也知道是谁。

"许梦倩发短信向我示威了啊！"我马上发信息给孙菲菲。

"你们好，我叫许梦倩，我是……""打球累死了！我们去喝点东西吧。"我想起白天的一幕，短裙妞那个最后的称谓刚到喉间就被王雨清生生堵了回去。

"不是播音主持吗，这整个一破锣啊。"

"是啊，她确实学那个的。"

"呃……你们怎么来了？"王雨清终于受不了我和孙菲菲嘀嘀咕咕。

"哦，辅导老师有事走了，要不你以为我们会放着知性文化消费不去来看你这低俗的露大腿的体力表演。"我吸了一口奶茶，余光里瞥见对面的许小姐呛了一口。

"你大腿真白。你不会用'84'洗澡吧？"孙菲菲一张口，许小姐的脸色快和我的奶茶一样了。

"哪能啊！你知道我一直用的是妇炎洁。"王雨清抬起头来回了一句。

许小姐的唇角悬挂的什么？是她西瓜味的奶茶，或者是她本人的鲜血？于是本来应该在习题中度过的一上午就这么愉快地收尾了。

"我也收到信息了，去她妹的。还有，王雨清是个笨蛋。"孙菲菲回了短信。

我和孙菲菲都是从小接受着传统中式教育长大的女孩儿，曾经，我们的尺度也很小。记得刚上初中那会儿，我和她挤在一个被窝里看欧美电影。每当有男演员出现，他们就是光个膀子也能让我们脸红到脖子根。都是王雨清，总是用他活体男性的生活直播一轮一轮地轰击着我和孙菲菲的底线——"爱妃们，朕今天便秘了，郁闷。""你看（掀肚子），我这儿长了个粉刺……"王雨清总是这么把他的隐私抖来抖去的，导致我们一度忽略了他的性别，与他姐妹相称。

可是呢，这次他怎么把许梦倩的事兜得这么严实。

我生气了，抓过手机，向那个陌生的手机号码回了信息——"我偏要。"

四

安静的包间里窝着正襟危坐的四个人，空气仿佛冻结一样。这四个傻瓜就是我、孙菲菲、王雨清和许梦倩。

为毛变成这个样子？这是个注定尴尬的局吗？我不断叩问。

物理竞赛的成绩出来了，我是第三名。

"你牛！赶紧组局吃饭。我们仨很久没有一块吃饭了……"孙菲菲不放过任何一个敲竹杠的机会。

"行呗，明天中午上完辅导课我请吃饭、请唱歌、请打车行了吧。"

我和孙菲菲找了离我们学校近的餐厅。我给王雨清打了电话，不到十分钟他就出现了，结果开口第一句话就是——"许梦倩等会儿也过来。"

我真想抽他。

"王雨清我明白地告诉你，"我往前探了探身子，"许梦倩不是你想象的那么单纯。"

"哈？"王雨清挑了挑眉毛。

"她都给我们发短信要我们滚出你的世界了！"孙菲菲直接掏手机亮出那条短信。

"怎么成了控诉大会……"王雨清看都没看孙菲菲的方向，"你们想怎么样啊？要我和她分？不至于吧？"

"我们只是要你谨慎一点，你知道吗？许梦倩物理竞赛被搜出一整套作弊工具。"

"我知道。"王雨清对我说，"不是你举报的吗？"

"王雨清你疯了吧！"孙菲菲喊了起来。

这时候门响了两下，许梦倩出现在门口，"不好意思，我来晚了。"

哪能啊，您来的真是时候。

"呃……我去上厕所。"一大段沉默后，王雨清终于受不了了，起身出门。

许梦倩看着王雨清消失在门后，"王雨清怎么没告诉我他的两位红颜知己原来是这么文静的。"

"你赶紧的，哪来的滚回哪去！"孙菲菲一拍桌子站起来。

"你们有什么权利指手画脚？以为自己是谁啊！"许梦倩怎么会示弱。

于是王雨清上完厕所回来一推门，孙菲菲一杯啤酒也正好泼在许梦倩脸上。

五

真正的朋友是什么？

是可以为你上刀山下火海，是有求必应知无不言，是今天我们打得难舍难分你死我活，过了一晚我们又能尽释前嫌相拥而泣，是被你骂得狗血淋头还是不要脸地去哄你开心，是明知道你抛过来的是刀子我也会接……是啊，朋友真傻。

那天王雨清拉着许梦倩离开后，我再也没有单独与他会过面。

"你们都够了吧！"我想我永远也不会忘记王雨清当时愤怒的表情，"林语，我知道你好胜你要强，什么东西都要争都要抢。可是你累不累？真的，最近几年我开始看不透你。"

我看着王雨清的眉眼在我眼前晃动，然后我就看见了好多个王雨清。我在幼儿园闯了祸，爸爸举着棍子满街打我，那个疯了似的冲上来替我挡棍子的王雨清；科学课上邻座同学笑话孙菲菲的头发黄，孙菲菲哭得鼻涕眼泪一脸，那个把一整瓶碘酒倒在邻座头顶的王雨清……我努力想把他们和眼前的王雨清重叠起来，可怎么也对不上。

"还有，祝贺你物理竞赛取得的好成绩。"

之后，王雨清就拉着许梦倩的手腕夺门而出了，留下盛怒的孙菲菲和呆滞的我。

"你觉得呢？问题出在哪儿？是谁的问题？"

高考后，在离开家奔向所谓的"外面的世界"的前一天，我跑到孙菲菲家里，和她像小时候一样挤在一个被窝里。

我们聊到很晚，我哭着问了她那样的问题。到底是谁的错，是我和孙菲菲多管闲事太自我，还是王雨清重色轻友？

其实那天我还想问最后一句的，我想问他："你信吗？许梦倩大概说了是我举报的她这样的话，那么你真的相信吗？"

可是我没有勇气，我不敢。我怕我十四年孙菲菲十三年，我们加起来二十七年和他的友情比不过那个女孩。

我或许输得起，可是伤不起。

"我不知道，我只知道这是迟早的事。"孙菲菲轻轻地说，将头埋进我的颈窝。

也许吧，即使没有许梦倩出现，在十年二十年三十年后的我们，散落在世界上不同的角落里，时间会将那条我们之间相互挂念的细线温柔地剪断，然后不痛不痒，没有眼下的痛彻心扉，没有此刻的刻骨铭心，我们便如此轻易地将彼此遗落在风中了。

倘若真的如此。

那么你就走吧，趁我们还未老去。

你不是柯景腾，我也不是沈佳宜

文／投我木瓜

说了很多无关紧要的话后，他笑着问我：你觉得我变了吗？

我说：没有，你还像以前一样，只是更成熟了。

他问我：我以前是什么样的？我回答：你很斯文，很自信，很好学。

当年，外校的他托人给了我一封情书，很自信地说，他就是我喜欢的那种人。后来见到他，我确实喜欢上了他。COS 成好学生的我，一到放假就带着他去我喜欢的冷饮店写作业。他专注学习的时候，身上环绕着圣洁的光芒，让我那一点不纯洁的心思都羞愧得躲了起来。

听到我的回答，他憋不住笑了。他说：那是我装出来的。我追你之前调查过你，所以刻意在你面前装成你欣赏的样子，实际上那时的我天天打架，成绩一塌糊涂。

我无法相信。他和我在一起不是一天两天，是一年。一个暴躁厌学的男生的业余时间，全被我困在冷饮店写作业，他怎么忍过来的？

他说：我很喜欢你，你看过《那些年，我们一起追的女孩》吗，我把你当沈佳宜。不过我可不是柯景腾，我比他聪明多了。我自知配不上你，只好用这种装的方式。可是你知道吗，我装得太久太投入，竟然改不过来了。高中毕业之后我参了军，在军队也习惯每天看书，还经常写点东西。

转业后，一位欣赏我的将军推荐我进了电视台。现在我是电视台的编导。

我问他：你要告诉我的重要的事就是这件事？

他说：不是。我来找你，第一是想谢谢你，因为你，我才有今天。第二是想对你坦白。从前每一次和你见面我都会忐忑不安，我心里知道，你喜欢的不是真正的我，很多年都难以释怀。现在我终于有资格对你说，我，就是你喜欢的那种人。

我愣了半天，然后像个汉子一样灌了一大口啤酒。我说，我不是什么沈佳宜，我也是装出来的而已。

他笑：那太好了，电影的结局没让柯景腾娶到沈佳宜，既然我不是柯景腾，你也不是沈佳宜，那就表示还有另一种结局。

他的机智幽默把我逗笑。

但最终，我们还是延续了电影的结局，因为长大也意味着爱情不再是唯一的生存燃料。

那次吃饭不久，我剪短了头发，买了一堆专业书，还报了健身馆的课程，我又开始装了。我希望有一天可以像他一样，装成习惯，并把这习惯融进血液。

嘿，前男友，谢谢你，你让"装"在我这里成了一个褒义词。为了一个女孩，装了一年，最终装成终生习惯，一定是有着坚定善良本质的人才能做到。此后，不管岁月如何变迁，关于你的记忆一定永留我心中，而你，也请一定要记得我，因为我们都曾为了成为彼此心中更好的自己而献出过最好的青春。

云端有风，是他在说话

文／蒹葭苍苍

一

深秋，清晨，阳光清透。十七岁的锦葵骑着单车，穿过灰蒙的废墟和鲜亮的街巷。

诗人说，十七岁是最好的时光。可锦葵的十七岁像一头焦虑的小兽，被困在一个迷宫中，左冲右突也找不到出口。

这个城市灿烂美丽，然而锦葵的家却是一栋摇摇欲坠的危房小楼，四周全是废墟，可是妈妈执意不肯卖掉房子搬走。认识的人都说妈妈脑筋有问题。

妈妈真的有问题。明明是普通人家，妈妈非要锦葵装文雅淑女：给她买淑女式衣服，逼她学钢琴、减肥，不准她大声笑……可真实的锦葵跟淑女完全不搭边，她骑车飞快，笑声响亮，她讨厌弹钢琴，是个吃货……

但妈妈说："我还不是为你好！我要你学琴，希望能培养气质，将来吸引优秀男生。"锦葵恨不能撞死在钢琴上，可她不敢也不忍违抗妈妈。爸爸离家多年杳无音信，妈妈独自抚养她不容易。

可是锦葵不想吸引任何男生，她只希望秦伦注意自己。秦伦是高一的历史老师，英俊清秀，才华横溢。有人说他为了初恋一直未婚，也有人说他结婚三天就离了婚。他看起来忧郁又孤独，这让锦葵萌生出想要靠近他的愿望。

黄昏，夕阳将一朵薄云染成绯红色。丁小天就站在那朵云彩下，他背着旧旧的背包和一把旧旧的二胡。那二胡像一把剑，直刺天空。

他是按网上搜到的信息找来的，这里住着他想见的人。可眼前只有一座摇摇欲坠的小楼，褪色的招牌上写着：老南区紫荆旅馆。

一阵钢琴声从小楼里传来，丁小天循着琴声走进去。一个女孩正坐在钢琴前，微胖，有一头清爽的短发。她弹得不够投入，听到脚步声，她转过头来，看到了一个高高瘦瘦眉清目秀的男孩。

"对不起，我们不营业了。"

"是吗？我想问问，附近那些人都搬到什么地方去了？"

锦葵摇摇头。

锦葵妈妈跑出来，"谁说我们不营业！小伙子，来，我带你去看房间，价钱优惠。"

丁小天只能住下。他要打听紫荆大街 21 号的主人去了哪里。

锦葵妈妈邀请丁小天一起吃饭，饭菜颇为丰盛，"小伙子嘛，就是要多吃，你太瘦了！要是锦葵像你这么瘦就好了。"

锦葵正在喝汤，瞬间丧失了食欲，还有自尊。她离开饭桌回到房间，从书包里拿出一张报名表。市里要办中学生健美操比赛，锦葵有报名资格。可她很纠结，要不要报名呢？如果没选上，自信心势必更加受挫；如果选上了，她会不会是队员里最胖的？那压力也很大啊。

这晚，她在纠结中入睡，迷糊中听到一阵二胡的乐音响起，像春雨洒落草地，又像清风吹过森林，将睡梦中的她轻轻托起，载着她飞翔。

二

下午，锦葵穿过废墟，走进一座古老的公园，公园的山丘上有一棵古榕。锦葵出生时，古榕就长在这里。她常常一个人过来玩，把古榕树当朋友，对它倾吐心事。

"你还好吗？"锦葵说，"我不太好，上周我碰到他三次，他看我的眼神那么孤独又那么温柔，你说，他知道我喜欢他吗？……唉，我要不要去健美操队报名呢？我真的很胖吗？"

古榕没有回应，清脆的"咳咳"声却从树后传来。锦葵探头一看，丁小天正斜靠在树上，从相机里望着远方。

"你躲在这儿偷听我说话！"

"我哪有躲？我正大光明站在这儿……"丁小天耸肩。

"那你为什么不作声？"

"有什么关系呢？树不会说出去，我也不会。"丁小天笑起来。

真奇怪，锦葵并不害怕他听到她的心事。她问他："你在这儿做什么？"

"等日落。你看过日落吗？"

锦葵摇头。

"那你今天一定要看看。"丁小天说。他爬到树上，又把锦葵拉了上去。他们分坐在两根并排的枝丫上。

"你来宣城做什么？"锦葵问。

"找一个爷爷。我九岁时生病住院，同病房有个爷爷是二胡演奏家，每天都拉二胡给我们听，还教我拉。他出院时把自己的二胡送给了我。我在网上查到他住在城南老区，可没想到，这儿已经成了废墟。"

"你……没有上学了吗？"

丁小天从容地笑，"本来该上大二，但我退学了。一次打篮球时晕倒了，医生说我身体里住着一位可怕的不速之客。我知道，无论我如何努力，它都是赶不走的，最多是减缓它吞噬我的速度而已。所以我想，与其绝望抗争，不如用最后的力气走没走过的路，看没看过的风景。"

锦葵震惊不已，她紧紧抓住古榕的枝丫。此时，太阳一点点沉入灰蓝色的地平线，最后倏忽不见，只留下一片绯色的霞光。这是她第一次看日落，它那么美，那么动人，她却感到凄凉。

星期一，锦葵去交报名表，负责接待的是两位师姐。锦葵刚打开手臂，就听一位师姐对另一位说："她胖了点吧？为了减肥？挑战自我？""勇气可嘉嘛。"

锦葵平静地说："胖子也有自尊，麻烦声音小点。"说完，她觉得自己充满了能量。她挥动胳膊，跳跃、弯腰、抬腿，气宇轩昂。她被选上了，但也只是初战告捷，六十人参加训练，最后只有二十人能留下。

锦葵许久没有感觉这样好。是丁小天启发了她，他连疾病吞噬生命都能直视，她为什么不能直视生命里这些美好鲜活的存在？

健美操队每天傍晚训练，锦葵很用心，但她果然是队伍中最胖的一个，悟性又不够好，学得很慢。"我真不该去！大家都在看我出洋相！"周末回到家，锦葵对丁小天抱怨道。

"不就是跳健美操吗？又不是上刀山下油锅。再说，你本来就洋溢着健康美嘛！"丁小天语气轻松地说。

"你就忽悠吧。"

丁小天瞪大眼，"好吧，我承认以前我说过不少忽悠话，可自从生病后，我说的每一个字都发自内心。"

锦葵心酸了。丁小天却笑着转了话题，"我请你看超级月亮！"

"什么超级月亮？"

"超级大、超级亮、超级圆的月亮，是一种奇特的天文现象，百年难遇！要一起看吗？"

"要。"

三

星期二，健美操排练结束后，丁小天去学校接了锦葵，来到公园的古榕树下。锦葵抬头望去，月亮挂在天空里，盈润，饱满，她情不自禁地惊呼起来。她又看丁小天，他的侧脸在月色中光辉闪耀，那么美，那么近，触手可及。

她不禁伸出手，却又停在半空中。这张美好的脸是会消失的，到那时，她该怎么才能忘记？或许，她已经忘不掉了，他们曾在她最亲密的树旁看日落月升。

锦葵又仰头看月亮。忽然听到丁小天轻轻拉起了他的二胡，是那晚在睡梦中听到的旋律……

夜露湿润了头发，丁小天送锦葵回学校。路上，锦葵问："你刚才拉的曲子叫什么？"

"《风居住的街道》。"

锦葵突然有点明白，她对秦伦的感情不是爱慕，而是她给自己困惑的青春寻找的一道光芒。即使那光芒遥不可及，也能给她一些希冀，一些念想。但现在，她遇到了真正能温暖青春的光芒，是那落日，那月色，那琴音。

回去后，她在网上搜到了《风居住的街道》，是一首钢琴二胡协奏曲。不好意思在家里练，就趁午休时偷偷翻进音乐教室练。学琴几年了，她从未如此充满热情。

同时，她比所有人都用心刻苦地练习着健美操，终于，挑选比赛队员的时刻到了，指导老师从女生面前走过，拣点着满意的队员，走到锦葵面前时，老师迟疑了一下，说："你，锦葵，出列。"锦葵在心里欢呼起来。

丁小天还住在她家的小旅馆里，他还没找到二胡爷爷。为了感谢丁小天给自己力量，锦葵决定请他吃饭，去校门旁边的老鸭汤店。丁小天欣然赴约。吃完出来，丁小天说："味道果然超好，但和你一起吃饭的感觉更好。"锦葵听着很舒心。他却又坏笑，"你是我见过的女生中最能吃的。"

锦葵正想说什么，却看见一个三四岁的小女孩在鸭汤店门口哭，"帮我找我爸爸。"

"你爸爸叫什么名字？"服务员问。

"秦伦。"

锦葵一愣，走到小女孩面前蹲下，问她："那你叫什么？"

"豆豆。"

"你妈妈呢？"

"妈妈在妈妈家。"

锦葵牵起她的手，"我认识你爸爸，我带你去找他。"

走出没多远，只见秦伦正朝这边跑来，他张开双臂抱住女儿，脸上绽放出大大的笑容。"谢谢你啊。"他对锦葵说。锦葵从未见过秦伦这样的笑容，"原来他并不像看起来那么孤独，太好了。"她心想。

丁小天掏出相机，把这对父女的笑容留在了自己的镜头里。

四

健美操大赛这天，丁小天来到现场，他一眼就看到了锦葵。不是因为她比别人胖，而是她比别人耀眼，神采飞扬，充满活力。

锦葵也看到了他，她尽情地展示着自己，像一朵初开的花。

表演结束，丁小天跑到后台，"你做到了！"他们击掌。

"我找到二胡爷爷了，你陪我去吗？"丁小天问。锦葵点点头。其实丁小天好几天前就找到二胡爷爷的消息了，他只是在等锦葵的比赛到来。

他们来到郊区的公墓。管理人员指着一座墓碑说："就是这里。"丁小天从背上取下二胡，拉起一首激昂欢快的曲子，像骏马奔驰草原，又像大江奔腾山川。他一定是深情动人的少年，否则不会带着病体涉远路，只为拉一首曲子给生命里偶然相遇的老人听；他也一定是炽烈地热爱着生命的少年，否则不会奏出如此激昂灿烂的乐音。

他要离开了，锦葵忽然想。但她没问，他也没说。

这天晚上，锦葵坐在钢琴前，弹起《风居住的街道》。她磕磕绊绊地弹着，期待丁小天与她应和。第二小节弹完，二胡声像是从云端流淌下来一般，在夜空里响起。钢琴声清澈，二胡声缠绵，交相辉映，宛如爱恋。

所有说不出和来不及说的话，全都在这琴声与琴声的呼应里。

第二天清晨，锦葵醒来时，丁小天已经在废墟里站了很久。他就像刚来时一样，背着旧旧的背包，肩上的二胡像一把剑。只是天空的色彩，已从深秋的绯红，变成隆冬的灰蓝。

他们一起穿过废墟朝街道走去。他们走得很慢，但路那么短。"我喜欢你，锦葵，但是对不起，我只能陪你到这里。"

锦葵装没听到，说："公交车来了！"公交车来得这么快，像是故意不给他们时间道别。

丁小天上车，锦葵冲过去，将一只信封快速地塞进他背包。那是空信封，上面写着她的收信地址。她不确定那只信封能否回到自己手上，但她坚定地期待着。

锦葵回到家，小楼前闹哄哄站了一群人。"到你家后院去看，墙裂了好大一条缝！这房子真是危房呀，住不得了，劝劝你妈先搬走吧。"居委会大妈拉住她说。

锦葵走到妈妈面前，轻声说："妈妈，别等了，爸不会回来了。"

妈妈像受到惊吓一样望着锦葵，她没想到女儿竟能看透她的心思，"谁说我们要等他？我只是想卖个好价钱！"

"他即使回来，也不是你等的那个人了。"

妈妈转过身去，趴在墙上呜呜哭了。这个一向强悍的女人，独自抚养女儿从未妥协的女人，此刻却像个脆弱的孩子。

锦葵抱住妈妈，"这么多年了，他不管我们，我们不也好好的吗？我们还要好好生活下去呀！妈妈！"

五

春天来的时候，那信封回到了锦葵手里。信封厚厚的，装满了照片，一张张全是笑脸。有孩子天真的笑脸，老人慈祥的笑脸，母亲温柔的笑脸，还有秦伦和他女儿的笑脸。

信封上没有寄信地址，邮戳上印着"紫川"两个字。可现在，丁小天可能不在那个叫"紫川"的地方了，他可能在云端之上。

她仰望云端，云端有风。风吹进心里，她的心长出一片葱茏森林，森林里，月光朗照，少年坐在大树下拉二胡，琴声脉脉，如歌如哭。

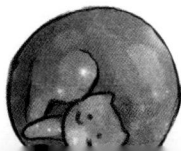

谁还在路上等一个晚归的人

文／猪猪侠

一

昨夜我站在西市街，人潮拥挤，车水马龙。

想起你曾和我说，这里总有一天会成为繁华的城市，我将会为我的执意离开而后悔。

细细算来，我们分别有 12 年了。那时年少不知天高地厚，我向往外面的世界，你则忠实于理想的现实。我不知该羡慕还是谴责你，理想和现实吻合度那么高，你好像可以悠游地生活在这座小城。你和我说你的人生理想无他，就是在这里安家，家里有我还有一个小小的娃。

我曾嘲笑你的理想，它太过于朴实，对于二十岁的我来说也太老套。那时候我真喜欢做梦啊，什么东京、巴黎、爱琴海，那是我做梦都想去的地方。我厌倦了小城镇的生活，它嘈杂琐碎烟火的味道我尝够了，我就想去异乡流浪漂泊，现在想来幼稚可笑。可是哪个少女不期待远方？

时间悄无声息地过去了一年，然后三五年，最后十多年。命运让我们都实现了梦想，我去了希腊旅行。在爱琴海的游轮上，我忽然思念金华的小吃，我想着你的微笑，想着你说过我会后悔的话语。那一刻，什么风景啊海啊忽然变得不重要，我只是有点想你了。

二

你变得略微沧桑，但还爱笑，像这个城市绝大部分男人一样幸福地发胖。有了一个深交的女友。我们坐在雨夜的牛排店里，桌上的玫瑰是黄色，新鲜，折射进你的眼睛，我看到你的眼里仍透露羞涩。

是的，金华已经不复当年，物是人非，有了沃尔玛、进口食品、格调高雅的西餐厅，还有高档电影院。我发现我曾经追求的那些东西，原来在这里都得到了满足，但我又丢失了什么。

你和我说起我们常去的那个公园已经改为免费，种满了樱花，你说春天去的时候以为自己到了日本，树下全是野餐的人们。还有我们的语文老师，前年调到了市区，买的房子就在你家的隔壁小区。你兜兜转转说起林林总总，最后说到我们常指指点点的那片公园对面的空地，终于盖起了几栋高层。最高的那层，如你所愿，你买到了其中一套。

然后你就沉默，这沉默蔓延开来，像也渗透进了窗外的雨幕。我曾经以为这样的天气适合和朋友吃饭叙旧，大家慢慢吃，慢慢想，却没想过不适合和旧日的恋人吃饭，因为太伤感。当我们在雨中的停车场说再见的时候，我突然有点想哭，我明白了我缺少什么，是一个可以依恋的人。

三

我从上海回到这座小城，上班的公司就在你家附近。我们大可在微信、QQ上常聊，但我们都没有。你和朋友说，因为还有感情，最好不联系。你唯一找过我一次，是因为你爸的事，你托我在国外的朋友买药。你爸的病影响了你的情绪，你很消沉，然后你说了一句令我愕然的话。你说我是对的，人在年轻的时候是要多出去走走，因为年纪越大就越走不动。

可是在我心里，却认为你是对的，我觉得像你这样长久地活在一个地方挺好。那些所谓远方啊路上啊理想啊，不过是为了慰藉自己的不安分而编造出的理由，而我失去的是没有珍惜的真挚的感情，还有这么多年和家人团聚的日夜。

没想到我们都认为对方是对的，这多么像一个玩笑，或是某种宿命。时间令我们都改变了，却还是没有让我们变得步调一致。

四

我常常想，当初我们真的曾相互了解对方吗？如果我们不分离，我们能像现在这样找到真实的自我吗？我们身体里那个孤独、自卑然而清高的自我能跳出来吗？答案是否定的。

我们或许不曾了解过彼此，因为我们从没真正了解过自己；我们或许会很混沌地幸福着，老死在这座城市里，却从不关心和了解外面的世界；我们不必害怕自己孤独或者发现自己清高，因为没有机会。但我想爱的意义和形式，并不是阻挡我们去体验和丰富生命，像我们这样彼此遥望，从来不曾无限靠近却也从未远离过的关系，或许也是爱的一种。

实验室奇人列传

文/三　鲜

正所谓"有实验室的地方就有传说"，实验室是黑暗的修罗场，也是成功的摇篮。在大学近四年时间里读生物工程的我，爬过几幢实验楼进过十多间实验室，目睹了许多奇趣故事。

包子王"陛下"

我做毕设的实验室是专攻食品方向的，因而在实验室工作的研究生们身上都若有若无地罩着吃货光环。指导我毕业设计的师姐极爱包子，如果你看到她某一天很没胃口那一定是少了一顿包子的缘故。她为了吃包子还参加过一些有包子吃的活动并成功获奖。师姐的实验服上还画着自己吃包子的卡通画，她常穿着这件实验服大步穿梭在实验室的各类设备中间，兜着一阵风笑眯眯地来到你面前。作为一代包子王，我给她取外号叫"陛下"。陛下是306实验室的主管，也是306的守护神——除了包子她最疼爱实验器材，对306的每件仪器了如指掌。

陛下大部分时候都是平易近人的，即使面对我这样患有间歇性实验步骤失忆症的熊娃，依然能保持住春风般的柔情。但是如果你踩到了她的雷区——比如用完离心机没有及时把转子拿出来——那你就完蛋了！一发现有这样粗心操作的目标，陛下会自动锁定那个糊涂蛋，然后把他今天要用的仪器先藏起来。一旦被列上黑名单，你会发现你在306想用的仪器基本都人间蒸发了，即使你有门卡这张"入宫金牌"，也很难找到被陛下藏起来的离心机转子。

找不到仪器的糊涂蛋会在群众的指路下来到陛下所在的屋门口，一进去自然是会被陛下好好教育一番。我经常目睹这样猫鼠游戏般的全过程——师姐藏师妹找、师姐藏师弟找。好吧，我承认我有一点幸灾乐祸，但对于精密仪器来说，一个小小的疏忽可能造成重大的实验偏差甚至是仪器的破损，因而大家对陛下的护器心切表示十分理解。所以，咱306的仪器设备虽然不新，但是精度绝对有保障啊！

当然，即使有"免死金牌"如我，也会犯下让陛下难以原谅的错误。上个学期做蛋白酶解液的吸光度实验，中间有一个稀释溶液的环节。因为那次样品量少，陛下在实验前千叮咛万嘱咐要小心使用，结果我和同学在配溶液时竟然都忘记了稀释，一次性把所有样品都用光了。这可好，分光光度计测出来的数值全都偏离了正常的对比范围。当然这里还有一个很可怕的前提，那就是这些样品是陛下通宵熬夜不惜牺牲美容觉才得到的！在我知道真相的那一刻，仿佛有一记天雷劈中了我的天灵盖。果不其然，只听一声哀号从陛下屋里传了出来——陛下动怒了。"你这个坏家伙！"这是陛下在盛怒的时候对我说过的最狠的一句话——所以你无法揣度她好脾气的上限。拥有这样的师姐，实乃我人生一大幸啊！当然，到目前为止我再没有犯过类似的低级错误。

人才 AB 面

实验室里不少同志都是"表里不一"的，比如邓同学，因为来自海南，所以大家都叫他"海南"。海南同学可以说打破了同级生们的早起纪录，没有人知道他到底是早上几点来实验室的。有一次早上7点我早饭都没吃就赶到实验室，结果海南同志已经神奇地靠在椅子上点击鼠标选取数据了。

除了早起他还晚走，总之就是一个默默钻研的模范样本。我以为海南会这样一直"正经"下去，可是没想到他真正的必杀技并不是"埋头苦干"——而是"一脸坦然的自曝"！且该绝招无人可挡、无药可救。这个瘦削男生会一边给样品换水一边毫无预兆地告诉我他很喜欢看肥皂剧，而且不是那种一根筋的小白可爱剧情他还不追！我站在旁边一时无法就这一猛料做出任何防御措施，恍然间发现自己偷窥了海南同学传说中"清新甜美"的一面。而在他"温柔贤淑"的传说中，不得不提的还有他的两只宠物龟。

海南极其疼爱他的宠物，除去带它们定期全程日光 SPA 配合微运动锻炼，对两个小家伙的伙食也很是用心。他曾自豪地跟陛下介绍自己在学校的日月湖边遛乌龟时，用简易的矿泉水瓶自制抓鱼利器：把矿泉水瓶剪成合适的形状，利用瓶口内外的气压差把日月湖中的鱼吸入瓶中，就这样，宠物龟的一顿野味诞生了。因为海南认真实验的表现先入为主，所以每当我想象海南做这些事时都觉得不可思议。

隔壁实验室做小白鼠降糖实验的 Z 君是我的同班同学，这个马大哈式的东北豪爽姑娘，总是能闹出不少倒霉事件，比如睡过头忘了实验课啦，前晚搞活动喝高了第二天把培养皿给煮了等，听说她要做 DNA 方面的实验时（某些步骤有致癌危险），我们都为她捏把汗。

某次 Z 君做降糖实验，初期要从老鼠肠道中提取 DNA，每天都会来我实验室蹭低温离心机。经过短暂的邻邦交流，我得知到目前为止她每次都失败，我首先猜想这一定是她的马虎性格所致，并经"我对她的了解"公式推导得出"不出一星期她就要重选课题"的结论。可是结果完全与我的预料相反，Z 君这位东北姑娘一改往日形象，开始了留守实验室的探索工作。做实验最讨厌的就是不知道哪个样品才是最好的，这需要研究者不断地重复同一个实验，直到找出最好的那个结果，枯燥程度可想而知。想当初我在实验中遇到类似的难关时，还是陛下用前人的数据提点了我，而Z君面前的数据则是一张白纸。难以推断Z君在此中要走多少弯路、消耗多少精力，Z君也曾不止一次对我感叹"路漫漫其修远兮"。

虽然Z君的实验到现在还没有出结果，但听说已经离初期成功只有几步了，在恭喜她的同时我不得不感叹她这非常努力精彩的另一面。

这种例子在实验室里举不胜举，一些平时自由散漫的同志们一披上实验服就进化成战斗机投身到一线中去。正因如此，我非常喜欢实验室的这种氛围，它总会勾起我小时候想成为科学家的遥远梦想，虽然这个梦想至今依旧是以光年级别计算的遥远。

百味实验室

因为我们实验室专注食品方面的研究，所以经常弥漫着各种食物的味道。我做的是大豆蛋白，每次做大豆溶液的时候都有浓浓的豆奶香。记得有段时间黄老研究草莓，经常能在上午看到他拿着一大袋红彤彤水灵灵的草莓来实验室，馋得我口水直流三千尺，疑是银河落九天啊！不过，最浓的还是掺和着食物味道的人情味。

比如方姐这人就是酱鸭味的。方姐是百分之百的糙汉子，可为什么他的外号叫"方姐"？其缘由因为年代久远已不可考究。方姐研究鸭肉保鲜时恰逢实验室里一打师姐都在高喊减肥口号，方姐这差事可算是触犯众怒了。不过方姐依旧稳如泰山，安然待在爆棚的酱鸭香气中，一边唱着《懂你》一边研究课题。

听到陛下义愤填膺地向我讲起这件事时，我十分庆幸那个学期我还没进实验室。除了酱鸭这事没商量必须进行，方姐平时是个很好商量的人，而且关键时刻是个拔刀相助的好汉子。话说有一次，隔壁实验室的J师兄弄了一笼老鼠做实验，结果老鼠咬开笼子全跑了出来，306阴盛阳衰的办公室里一片尖叫。这时刚要去食堂吃夜宵的方姐接到师姐们的求救电话后，在食堂门口一个急刹车，转身回到实验室为民除害。据说平时略有发福的方姐在那天大展神通，戴着手套拿着扫把杆子上蹿下跳犹如习得上乘轻功。虽然那次越狱事件导致办公室停炊很长一段时间，不过方姐的形象在师姐们的口述回忆中增添了不少光辉。

实验室里不能吃东西，但办公室就不一样了。对于基本宅在实验室的研究生们来说，什么红豆啊绿豆啊大米啊包子啊饺子啊面包啊都是非常有存在意义的东西——不知道是不是因为大家一起研究食品的缘故，办公室里的食物比其他地方都要丰富。在师兄师姐们的办公桌上，像实验仪器般整齐摆放着的有烧水瓶、电饭煲、陶瓷锅、分析天平……那个分析天平我不知道是什么来历，总之大家都用它称五谷杂粮，有位马师姐还专门给配了称量用的塑料碗和大汤勺。我曾亲眼看见马师姐一边对着电脑屏幕上的杂粮粥食谱，一边用精确度能达 0.001g 的分析天平称绿豆，然后用量筒取水倒进电饭煲里准备煮粥，见她一脸严肃的科学态度，我都不好意思打扰。

当文艺撞上博士

文 / 刘瑾妮

在大多数人眼里，博士是一群表情严肃、治学严谨、要求严格的怪物，似乎永远戴着一副厚厚的酒瓶底眼镜，低头埋进成堆的书籍和演算纸中，抑或是一头扎在实验室里，不能自拔。然而，我身边的几个博士却在枯燥的研究生涯中找到了自己心爱的"文艺追求"，并用自己独有的方式将其发扬光大，尽管他们的表现很奇葩。

比如，有考试前一定要喷自制的花露水清凉油古龙水混合液的，但凡他经过的地方，气味留在了人们深深的脑海里；有背单词时必须要打拳击的，后来他不得不在寝室安装了一个拳击软柱，上面贴满了 GRE 词汇……类似的事情数不胜数，且听我慢慢道来。

我的一位数学专业的博士朋友阿德自诩为系里的"情歌王子"，实际就是多唱了几遍《单身情歌》，以宽慰自己二十多年来始终光棍一条的悲惨现状。本来吧，唱歌这项业余爱好不失为一个抒发情感、陶冶情操的好办法。唱得好听，会赢得大家的追捧；唱得难听，则会引发大家的追杀。显然，阿德属于后者，但"难听"这两个字已经不足以评价他破锣般的嗓音和空穴来风的自信了，人说：德哥一开口，黑白无常跟着走。

德哥常说，唱歌，嗓音是次要的，感情是主要的，自己那比张信哲还磁性、比腾格尔还豪放、比费玉清还圆润、比林志炫还纯美的音色，加上热情似火汹涌澎湃的情感，真是比函数还要美妙。本着这样的信念，阿德在某晚九点，独自来到了校园的雕像下，左右瞅瞅，瞄准了一个步履匆匆的女同学，冲着那个方向就是"嗷"的一嗓子，来了一首龚琳娜的《忐忑》。本想着用这首激昂的歌曲表达一下自己的热情，结果不仅没吸引到那位女同学，反而惊了两对拥抱中的小情侣和一位遛狗的老太太，听说老人家吓得差点犯了心脏病，就连狗都拼了命地往反方向跑，再也不敢接近声音的源头。后来我们听说了这件事，狂笑一番之余，劝阿德放弃这项他并不擅长的文艺活动。他坚定地拒绝了，并表示要继续努力，从唱歌发展为写歌，甚至连处女作的歌名都想好了，叫《拉格朗日的忧伤》。

比起唱歌，吟诗和书法似乎更安全一点，当然了，那是大多数人的看法。记得第一次与阿奋见面的时候，他介绍自己是一位天体物理学博士，自幼聪颖过人，饱览群书，年仅7岁就发现了外太空的一颗卫星，并以他妈妈的名字为它命了名。如今，这颗卫星已经被全世界的人熟知，它就是大家口中俗称的——月亮……阿奋也是孤独的光棍一条，听说聊QQ容易追到女生，于是申请了一个QQ号，成年累月地在线，如今已经有了好几个小太阳，女朋友却还在遥远的天边。阿奋问女生要QQ号有其独特的方法，总是背着手吟着诗："关关雎鸠，在河之洲，窈窕淑女（猥琐地一笑），what's your QQ？"除了胆大的，一般女生都会立即逃走。

平日里，阿奋自称引经据典信手拈来，文学素养上下五千年无人能及，可惜阿奋的大作却从来不被问津。于是，郁闷不得志的他便开始苦练书法，阿奋的书法自成一家，人曰"粪书"。阿奋每天把自己作的诗写出来贴在寝室门外，供大家"观赏"。但即使这样，仍然没人对他的大作瞧上哪怕一眼。在经历了长时间别人对他文学素养的忽视后，阿奋终于向现实投降，不再写些又酸又晦涩的"诗"贴在门前，而是每天上网查好天气预报和星座小知识等，用他的"粪书"写好贴在寝室门外，于是大家就可以从他写的一些例如"是夜，寒风席卷了我的孤独，但温暖在清晨逆流进我的心，让云彩在我的笔下黯然失色"，而推断出当天的天气是"夜间寒冷有风，次日晴朗无云"。还别说，这实用的信息倒是吸引了全楼层的同学，甚至其他楼层的同学每天也来他的寝室逛逛瞧个新鲜。阿奋怡然自得地接受这突如其来的"恩宠"，每当有人夸赞他的创意时，他总要吟上几句诗来自谦一下，还美其名曰"君子不以才气而傲"。

　　说完了数学和物理博士，自然不能落下化学博士。我的朋友小泽就是一位出色的材料化学博士。每当我想到他，脑海里立刻浮现的就是他校内网上一张张自拍的大脸。

　　话说小泽是个温婉的南方纯爷们儿，身高一米八五，面容棱角分明，相当俊秀，平日里除钻研科学外只有一个爱好：自拍。通常来讲，自拍是一些姑娘的爱好，可再喜欢自拍的女孩到了小泽这里，也只能说是自愧不如。小泽爱自拍已经爱到另一个次元了，他对自拍的追求甚至超过了他对博士学位的渴望。无论何时何地，只要小泽觉得有自拍的必要，他都会掏出裤兜里心爱的手机，对着摄像头，眨巴着水汪汪的大眼睛，头微微歪向一侧，抿着小嘴萌萌地一笑，一只手拿手机，另一只手在脸颊旁摆个剪刀手，拍上十几张。小泽自拍的地点有教室、实验室、洗手间、大街、饭馆、楼梯、草坪、沙滩等等，遍布各个角落。然后，他会把满意的自拍照上传到自己的主页供大家品评。观赏之后在狂汗之余，我也会感慨，怎么会有这么可爱的男博士哪？

温柔的慈悲

文／木子李

一年级开始，我就和小 A 同桌，差不多三年。

小 A 是个坏坏的姑娘，她总是爱打小报告，偷抄我的作业，还画三八线。最让我难忘的一次，我在数学课上偷写语文作业，眼看就要写完了，小 A 眼红了，她毅然地挺身将我出卖了。

我眼睁睁地看着数学老师当着全班同学的面，把我的作业本撕得粉碎。当我被轰到走廊上罚站时，看着小 A 偷笑的嘴脸，恨不得掐死她。

那个时候，小 A 是我的噩梦。她让我遭受了一个孩子承受不起的屈辱。我每次都期待着老师能把我和小 A 分开，可是，每次小 A 和我的名字都出现在同一个座位上。现在想想，我不明白是怎样强大的命运将我和小 A 捆绑在一起，更不明白我怎么就没有勇气向老师提出调位的要求。

后来，我长大进入社会，才知道，小 A 这样的姑娘，无处不在。

小 A 的存在，叫你明白生活本就是残酷的，它不会以一副柔软的姿态去迎接你，你困惑、挣扎、悲泣、难受，这些都没有尽头的。

想通这些，原谅小 A 就变成了轻易的事。失去和获得都是均衡的，小 A 叫我变得强大，这是我唯一感谢她的地方。

12 岁那年，我的生命中出现了小 B。

我们不是同桌，而是前后桌，她长得可真漂亮啊，大眼珠子像黑色的葡萄。也不知道为什么我们会玩得那么好，我清楚记得我喜欢她的原因只有一个：和她站在一起倍儿有面子。

漂亮的女孩子都和男生玩得很好，小B也不例外。

有很多男生经常下了课去和她说说笑笑，可是，我渐渐发现，小B特别喜欢把我当成一个笑点讲给那些男生听，我干过的糗事，包括我初次来潮的秘密，她都不顾及我的感受讲了出来。

这令我很难过，我甚至偷偷躲在角落里哭。在一个12岁的孩子眼里，自尊是很重要的东西，所以，小B永远也不会知道我曾被她伤得多深。

像小B这样傲娇的女孩，活在光环下，活在自我中心里，她们根本就不懂什么叫感同身受。她们没有思想，这就是最大的残缺。

直至现在，我也还是会遇见小B这样的女孩子，在这样的时代，她们已经被冠以很别致的称呼——女神。多少男生簇拥着她们，可我从不羡慕，因为小B总有一天也会人老珠黄，美人迟暮。

上高中的时候，小C是我交过的朋友当中最好的。

我们一起学习，一起做课间操，一起吃饭，一起回宿舍，甚至，我们连喜欢的明星、暗恋的男孩都一样。可是，我们都不会彼此吃醋，我们彼此惺惺相惜。我们偷偷地看言情小说，偷偷地咬耳朵，说谁谁可真帅。我把小C当成生命里很重要的存在。

所以，当小C有了新的朋友，并且和她的关系比对我还要好的时候，我比失恋还痛苦。那个时候真想不通，为什么小C要这么对我？我们的关系逐渐淡漠，我因此差点得了抑郁症。

后来，我读了一则小故事，才渐渐走出那个打了心结的阴霾。那个故事是，小明和小花是很好的朋友，小明不爱吃鸡蛋，每次老师发了鸡蛋，小明都给小花吃。后来，小明又认识了新的朋友，小明把发的鸡蛋也给别的朋友吃。小花不高兴了，可是小花忘了，那个鸡蛋本来就是小明的，小明想给谁就给谁。

我就是那个不高兴的小花，小 C 就是不爱吃鸡蛋的小明。

生命中，所有的人都是过客，没有谁会陪伴你一辈子，朋友亦是如此。你没有权利要求别人怎样，朋友做什么对你都谈不上辜负。

当你有困难的时候，他们帮你，是情分；不帮你，是本分。

到了大学，我的朋友一下子多了，有小 A，有小 B，也有小 C，还会多了一个小 D。

和小 A 会有不愉快的事情发生，但学会了忍耐；经常被小 B 拿出来吐槽，但也学会用微笑反击；和小 C 感情真的挺好，但偶尔也会因为她的某些举动有些难过，但已学会深藏。

只有小 D，我们虽然保持着友好关系，但实际上对彼此都藏着深深的隔阂。小 D 和小 A 有一点区别，小 D 会笑里藏刀，不似小 A 喜怒形于色。你认为你们已经很好了，她还在偷偷算计着下个时间段，怎么给你致命的一击。

最让人难过的是，小 D 会和你抢男朋友。明明是好姐妹，但却还是被挖了墙脚，这种感受简直就是一下子失去了两个重要的东西：友情和爱情。

你没法大吵，没法大闹，你只能大哭。哭完了之后，你还得强颜欢笑。

这就是长大，长大就是不用拳头解决问题，你已经懂得最残忍最漂亮的还击方式，就是过得比她们每一个人都好。

下场雨就回家

文／流萤回雪

一

　　奶奶种的花朵，每天开在刚刚吃完晚饭的时候。吃完晚饭，我就蹲在我家的院子里看它，那鲜艳的紫色喇叭，在暮光里像是在说话。奶奶管它叫坐锅子花，意思是坐完锅就开花。看着看着，我的腿就麻了，奶奶喊我进屋看动画片。

　　我好像很多年没见到奶奶了，奶奶从我懂事起就开始得糖尿病。她先是迅速地瘦了下来，然后就是吃好多好多的药。我看着她拿出一个大大的木盒子，里面分成一个一个的小格，每个小格里放着不

同的药，爷爷拿着笔记本，在旁边对照着数，这个取三颗，那个取两颗。再后来，奶奶和我打扑克，就看不清上面的字了，因为糖尿病会并发白内障。再后来，她会撩起裤腿让我看，往上面按一个坑，会弹不起来，一直陷着。"吓人不？"奶奶笑着问我。我知道，这是奶奶的肾出了问题。

　　中秋节到了，我吃月饼，奶奶走了过来说，真没良心，都不知道给奶奶掰一块儿。我说，您糖尿病，甭吃啦。但我看到奶奶不甘的眼神。第二天，我又开始吃月饼，想了想，走到奶奶那儿，我说，您要吃一点儿吗？奶奶说，没良心，知道我有糖尿病还要来馋我。

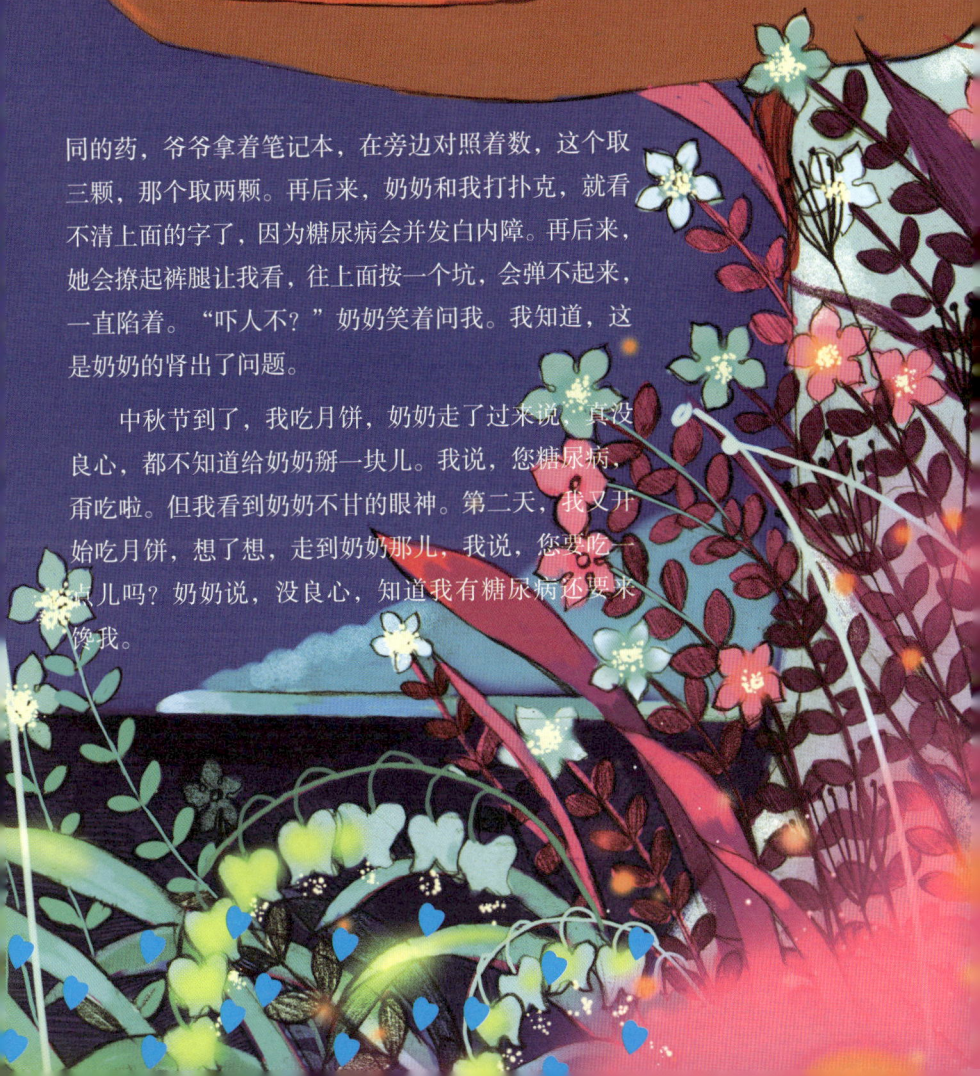

外面的雨哗啦啦地下着，我从外面疯玩回来了。旁边的奶奶睡不着，我也睡不着，还想玩。奶奶说，快睡觉吧，睡不着的话，白毛耗子精就来抓你了。我说，你骗人，当我还长不大哪。后来，我就真的困了，我不知道奶奶后来睡着了没有。

那一觉醒来，我似乎就上高中了。

二

我在作文课上边写边哭。同桌杨小毛扒拉过我的本子一看，也跟着哭，"你奶奶去世了？我奶奶也是糖尿病。"我一个巴掌打到她大腿上，"谁说我奶奶没了？我只是一直住宿，不能老去看她。"

"你奶奶用打胰岛素不？"

"嗯，那种特别短的，好像有五毫米那么短的小针头，在家打就行。"

"没错。那，吃爱西特不？我奶奶刚开始吃，但是看了说明书也不知是管什么的。"

"炭片儿啊，帮助吸收奶奶药物的。"

我和杨小毛从普通的同学友谊上升成了革命友谊，这种上升是里程碑式的，是伟大的，我们有了共同对付的敌人——糖尿病！

每次讨论到奶奶，我和杨小毛就你一声我一声地叹气，这个场景在我们后桌的眼中极其诡异。她说你们俩以前不是成天吵架吗，怎么又成哀怨范儿的了？杨小毛回答她，你这个小孩子，不懂我们大人的事！

我去杨小毛家吃晚饭，她的爸爸妈妈问我，你不想家吗？我摇摇头，咬着牙说不想。我回家太浪费时间了，还要打电话订班车票，回去需要一个多钟头。一般，都是我爸妈过来看望我。杨小毛的爸妈说我是个省心的好孩子，杨小毛就指着我笑。她说，你们是不知道啊，她在体育课帮全班女生伪造班主任病假签名，把老师气死了！后来杨小毛的爸爸骑

着摩托车把我送回学校，晚风在旁边呜呜吹，他爸爸大声喊着说，杨小毛不爱学习，你要多教教她。我大声说，好。

我跟奶奶打电话说，我有个同学叫杨小毛，她的奶奶也有糖尿病。奶奶听不大清楚，她就说，啊？在外面照顾好自己啊。我就回答，好的啊！

三

大家都认为杨小毛是我的死对头。曾经，我课间想去卫生间，她坐在靠外面的座位上睡觉，死都不起来，我不得不钻桌子出去；她上课被老师叫起来回答问题，她不会，我就在旁边小着声儿，故意把最明显的错误答案提示给她，然后等着老师对她无奈地训话；她上课让我帮忙传纸条我就团起来撕掉，我吃午饭在食堂排队她就故意加塞儿。

我说，杨小毛，你是故意的还是怎么着？

杨小毛说，我故意的，跟你一样。

全人类都不知道我和杨小毛为什么总是对着干，但是我们却因为奶奶成为死党。我开始时不时扒拉过来她的本子看，啧啧，写得真对不起观众，快拿去我的参考一下。

我教杨小毛把所有的错题都圈出来，专门做一个错题本抄下来；我教杨小毛英语的音标，这样就不用每个单词都问我怎么念；体育课考试，我帮杨小毛数仰卧起坐，她做一个我就数三个，及格！

杨小毛给我写明信片，从我们学校门口寄出去，又寄到我们班："杨小毛和唐格格，要好好听课，候补 A 班级，永远不放过！一首打油诗，愿鼓励你。"

我们真的都到候补 A 班了，这是全校最好的班，只不过她是理科，我是文科。我从我们班门口往斜对过他们班看一眼，就能看到杨小毛正在老实听课。到了下课，她还跑过来埋怨我，我往你那边看的时候你都不看看我!

　　我跟杨小毛说,我真羡慕你,不用住宿。杨小毛说,我爸爸说,等人越长越大,就不怎么想家了。

　　可我还是因为想家,平均两个星期哭一次。上了高二后,功课就更忙了,妈妈来看我的时候带来好多零食,爸爸也老是找出差的机会过来,课间的时候看我一眼,可是我想奶奶。

四

　　后来,我的奶奶开始做透析了。我回家看望她,看到一根很粗很粗的管子,一头连着机器,一头连着奶奶的身体。他们说,那个东西能帮助奶奶过滤掉血液里不好的东西,但是,也会过滤掉好的东西。奶奶很难受,但是如果不透析,奶奶就更难受了。

　　我坐在一边,膝盖上放着历史书,但是却看着管子里流动着的红彤彤的血液。我心里想着,这样的液体啊,你要让奶奶少难受一点儿才好。

　　杨小毛的奶奶也开始做透析了。她抱着我哭。我说,没什么的啊,听说我家邻居的亲戚也在做透析,做完了能直接下地种菜呢!

　　杨小毛的功课越来越好,在理科班已经成年级前十了。我呢,是文科班的年级第七。

　　我和杨小毛坐在操场上讨论前程。杨小毛说想当法医,解剖尸体什么的,好刺激,不过她家人肯定不同意,一个女孩子应该文文静静的。我说我从小就想学中文,不过我爸爸说了,越是爱什么,就越不能学那门学科,否则条条框框的东西一出来,就把那份爱束缚了。我俩想啊想,直到落日的光芒从黄变红,晚自习的铃声快响了,我说,杨小毛你去学生物吧,祖国的花鸟鱼虫就靠你来提携了。杨小毛说你去学经济吧,半文半理,你的思想就不会死板板的。

我说，哎，我好想和你吵架啊，就跟高一刚入学时似的。她一个拳头砸过来，那有什么好想念的，神经病。

我们给学校的心理老师写匿名信，说我们的压力好大，快被功课逼疯了。心理老师给我们回信说，人一生所遇到的压力中，学习是最小最好解决的那个，因为你学不会可以问老师。等到长大后，很多问题你都不知道问谁，要幸福起来啊。

嗯，要幸福起来。我和杨小毛鼓足干劲单纯地学习，脑子里放不下别的东西了。

五

我小时候学习不好。奶奶不认字，却认真地听我念课文：高高的大雁往南飞去了，一会儿排成人字，一会儿排成一字。奶奶说，是"一会儿"，这会和儿不能分开读。我嘲笑奶奶没文化，奶奶低头想想，难道真的是她错了？

奶奶帮我削铅笔，我的铅笔削得是全班最漂亮的。有天下午，我数了数，发现少了一根，就报告老师去了，我说我要查班上同学的铅笔，准是有人偷了。老师问，你能认出来？我能！我很快从同学的铅笔盒里找到了，奶奶给我的铅笔做了记号，"中华"两字的下面，削了一块漆下来呢！

杨小毛的奶奶去世了。那时候，我们快高考了，但是，她的成绩稳定着。她跟我说，在这个关键的时候，她不能想别的，要把自己当成机器，就只管学习。我好心疼，我跟杨小毛说，你哭一下呗。杨小毛说，她不哭。

我没想那么多，摊开书本，捂住耳朵默背，耳朵里却只有一个声音：奶奶不要走。

据说奶奶现在睡觉都要开着灯，她害怕，怕她自己睡着睡着突然就没了。

奶奶还是没了。

我跪坐在床上，跟家里的大人一起哭。后来我无论怎么使劲都哭不出来了，低着头，让头发遮住自己的眼睛，透过头发往外看，冬天的树，灰灰的。

后来我考到很远很远的地方念书去了，果真学了经济，也果真不怎么想家了。我再回家，可不是电话订班车票那么简单了，要坐12个小时的火车，每年就只有寒暑假能够回去。

我给杨小毛打电话说，有种花，名字很奇怪，叫坐锅子花，你学生物的，告诉我它叫什么名字呢？杨小毛说，紫茉莉啊，籽儿和地雷一样的，也叫地雷花，入侵物种呢。

我问，什么是入侵物种？

她说，就是一种物种来到了不属于它的地方，没了天敌，就使劲长，这就成入侵物种了，特别厉害。哎，巴西龟也是入侵物种呢。

真好，杨小毛懂这么多。

真好，奶奶的花没有天敌啊，应该很顽强吧。傍晚了，花该开了。

猕猴桃的自尊心伤不起

文／风为裳

一

邱锋意识到自己在嫉妒沈南瑞时，跑到操场上狠狠地鄙视了自己一下。一个大男生，怎么可以像个女孩一样小心眼儿呢！

陶乐乐跑出来喊邱锋："都放学了，怎么还不回来收拾书包回家？"邱锋矫情地仰头闭眼，把即将酝酿出来的眼泪咽下去。

走回教室时，陶乐乐说："我知道输给沈南瑞你不服气，但很多事，你要明白，光靠努力是没用的，要靠天赋！"

这实在是句火上浇油的话。这世界上的好运都让沈南瑞一个人占去了吗？有什么了不起，还不是靠老爸。传说沈南瑞的老爸赞助了学校实验楼，校长见到沈南瑞的老爸都直不起来腰呢！陶乐乐叹了口气，"你都说是传说了，况且，就算这是真的，篮球比赛靠的不都是技术吗？况且，今天沈南瑞得分、篮板、助攻三双那叫一个漂亮！"

邱锋瞪了一眼"况且"个没完的陶乐乐，三步两步跨上台阶。

洗澡时，邱锋看着水雾氤氲的镜子里的自己，长得真像野草，就是路边那种随意生长的野草。还有那些"野火烧不尽，春风吹又生"的青春痘，这张脸，简直就是只猕猴桃嘛。镜子里出现沈南瑞帅气英俊的一张脸，邱锋自言自语："谁说这世界是平等的？人就是生而不平等的！

有人生来就是做王子的，有人生来就是路人。”

那晚，邱锋有些绝望。

邱锋讨厌沈南瑞。他像一座大山一样压在自己的身上，无论邱锋怎么努力，他都没办法超越沈南瑞。

陶乐乐是个讨人厌的女生，她竟然说："邱锋，你知不知道，忧伤是帅哥的专利？你像沈南瑞那样阳光一点好不好？本来长得就像猕猴桃，一天到晚再愁眉苦脸的，真是难看的平方！"

邱锋"咚"地一弯身拉起椅子站起来，"猕猴桃也是有自尊心的好不好？"

邱锋没意识到自己的嗓门那么大，全班同学的目光都聚在他身上，邱锋瞬间被各种沮丧击中，他快步走出教室，踢教室门时，脚很疼。

太阳很明亮，但是邱锋觉得自己的世界灰暗极了。老爸是安装空调的，老妈做家政。老爸最常说的话就是："儿子，你是咱家的希望，咱家全靠你了！"靠他什么呢？自己很努力地学习，但成绩总是不上不下。自己喜欢打篮球，但限于身高，根本没有做职业球员的可能。

二

放弃自己是件很容易的事情。邱锋不再兢兢业业地做笔记、认真听讲，他也不再去篮球场一遍又一遍地苦练三分。他像一只逐渐在失去水分的猕猴桃。

那天，老妈被家政公司评为优秀员工，拿了一千块奖金，买了许多菜和水果，兴冲冲地回来。老妈把猕猴桃切好，插上牙签递到邱锋面前时，邱锋本能反应一样推开了那只果盘，"我不吃！"

"怎么啦，儿子？是不是怪老妈平时太忽略你了？"老妈表达着自己的内疚。邱锋不是不懂事的孩子，他只是……自己跟自己别扭而已。

吃过晚饭，老妈仍然把那盘切好的猕猴桃端到邱锋的房间，"吃啊，很贵的，妈妈是狠狠心才买的。我打扫的那家总给儿子买猕猴桃，我还纳闷这么丑哈哈的水果有什么好吃。那家女主人说这里面维生素 C 多着哩，号称水果之王！"

为敷衍老妈，邱锋吃了几块，酸酸甜甜的，挺好吃。邱锋递给老妈，老妈吃了，连声说好吃，说得邱锋有些心酸。

那天夜里，他在黑暗里睁大眼睛许久。如果你看不起自己，就没有人会看得起你。你不是水蜜桃，干吗嫉妒水蜜桃的光鲜亮丽呢？那只能放大你的丑陋，失去前进的动力，这值得吗？

三

班主任汤帅哥把邱锋叫到了办公室。

"有什么不开心的事，说出来，让老师开心一下！"邱锋简直是被这无厘头的汤帅哥给气乐的。他说："没什么！"

"我觉得你最近，像一只……临近腐烂的猕猴桃！"又是猕猴桃，真是疯了。

邱锋抬起头，目光锐利，"为什么不是苹果，不是橙子，不是水蜜桃，偏偏是那么丑的猕猴桃？为什么？"

汤帅哥的目光平和地接住邱锋的目光，"问得好！为什么我是我，不是吴尊，不是韩庚，不是郎朗？为什么我要过这样的平淡人生？我也这样问过自己，你相信吗？"

邱锋满是狐疑，他说："老师，你长得那么帅，还有……"

"还有什么，你说！"邱锋想不出来了。说实在的，汤帅哥除了长得帅之外，课讲得并不怎么好。好几次，汤帅哥都极沮丧，据说是被教导主任训。

汤帅哥眯着眼，"这世界上，没有人是完美的。每个人的生活都是不同的，不必想做别人。就是你羡慕嫉妒恨的对象，他们也有着不为人知的烦恼。也许，在暗地里，他们还羡慕你呢！"

"怎么会？我一点优点都没有，无论怎么努力，我都没办法做最优秀的，无论我付出什么，我都没办法得到我最想要的结果……"邱锋把心底的想法说了出来，长长舒了一口气。

"为什么要做最优秀的？为什么付出就一定要达到最想要的结果？这世界上，最多数的人都是普通人，很多人一辈子都在做没有回报的付出……"

邱锋突然觉得心里有一道门被拉开了，一束阳光照进来。

四

邱锋决定先把压在心里的那座山搬走。

放学，他在路上等到沈南瑞。沈南瑞不像很多有钱人家的孩子那样车接车送，每天上学放学，他都骑着一辆有点旧的自行车。

邱锋深呼吸了一下说："南瑞，你知道我嫉妒你吗？我把自己看成是最丑陋的猕猴桃，我觉得我的自尊心一直在受伤，你那么完美，无可挑剔！"

沈南瑞的眼睛睁得很大。他说了一句让邱锋惊讶无比的话，"你知道我也嫉妒过你吗？"

邱锋觉得，他一定是为了安慰自己开玩笑的。

沈南瑞说："那天下小雪，你妈妈站在教室外面冻得脸通红给你送棉衣。还有那一次，你老爸给你送你落在家里的物理作业……"

沈南瑞咬了咬唇，"我爸爸很有钱，他跟我妈离了婚，我妈出国了，跟我的联系就是电话……"

汤帅哥说的真是一点错都没有，每个人都有自己的烦恼，每个人都无法选择生活，但至少他可以为自己的快乐负责。

夕阳西下，两个少年倾吐着自己的人生烦恼，那些烦恼就像气泡一样渐行渐远。

邱锋从网上挑了许多笑话与脑筋急转弯背下来。这样跟同学说话时，就不会太枯燥了。邱锋每天都晚半小时回家，在篮球场练三分球。比赛时，仍然会有很多次投不中，但邱锋总是在心里告诉自己："下一次，一定会进的！"

陶乐乐是最早注意到邱锋变化的。她说："同桌，最近有什么喜事吗？"邱锋眯了眼，嘴角泛起一丝丝微笑，"幸福感是自己找出来的！"陶乐乐噘了噘嘴，"你该不是偷偷进了哈利·波特的魔法学校吧？"

邱锋生龙活虎地出现在篮球场上，三分一投一个准。付出都是有价值的。沈南瑞也很棒，拿下两双，赢得了最多的女生尖叫。

邱锋这次没嫉妒，他真心地为自己的朋友感到骄傲。

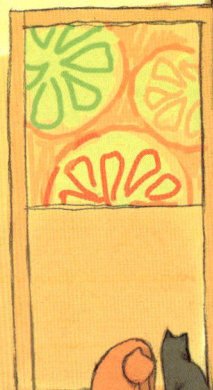

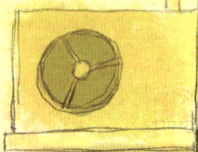

半青春

文／（台湾）盛浩伟

一

小玮是初一下学期时转来班上的。他的头发比班上其他人都要长，却很神奇地没有超过学校发禁的规定，总在边缘游走；他个子很矮，再加上体形瘦弱、皮肤苍白，简直就是一副会动的骨架，水蓝色的制服衬衫穿在他身上，垮得出现皱褶，皮带围在腰际也如同悬空的小型呼啦圈。

我第一眼注意到他的部位是脸颊，双颊凹陷得那么深，仿佛皮肤下方藏了一台吸尘器，牢牢将皮肤贴紧颧骨。第二眼注意到的，是他的眼睛。他的眼神是定着的，好像不会动，又深邃得可以把人给吸进去一般。

因为他的外表，使得班上同学都不太敢跟他说话。疏离逐渐越演越烈，他就成了被大家讨厌的对象。就像每个人在求学阶段班上都会有大家共同捉弄、欺负的人一样，而且这种同学如果成绩不优异，也同样会受到师长的厌恶。

我的初中导师是出了名的严厉，简直算是凶恶。不知道是哪届学长给他取了个绰号，叫"屠夫张"。他管得最严格的还是成绩。若是考试成绩不在班上前四名的，比第四名分数少一分打一下。他用的是三四根热熔胶条编起来的粗白鞭棍，从来不用担心会有打断的问题。

到了下学期，大家都习惯了，但刚转来的小玮可没有适应。

我还记得他第一次考试后的情景。"屠夫张"照例先说几句话来侮辱没考好的人。

"转学生有两种，第一种是原来学校太烂了，第二种是这个转学的人本身太烂没救，转到哪里都没用。看来我们陈钰玮同学属于哪一种很清楚了。""屠夫张"连看都没有朝他看一眼，"那就先给新同学一些鼓励让他习惯一下好了，你先上来然后多打五下。"

小玮愣在座位上，其实他考得没有很差，82分。

"叫你上台你没听到吗？大声说你考几分。""屠夫张"说。

"82。""少三分！考那么烂还敢讲这么大声，手伸出来打八下！"

因为这样严格的管理方式，班级渐渐形成了"被处罚过"跟"没被处罚过"的两个团体。"被处罚过"当然是班上的大宗，而"没被处罚过"的团体里，只有我和另一个男生（他总是考第一名，我总是第二名）。但是班上的坏学生不会来"欺负"我们这两个"少数派"，毕竟他们的成绩怎么也比不过我俩。大家要找的可以"欺负"的人，首要当然是好欺负的、不会还手的，但是要会记恨记仇，因为这样比较有乐趣。就是像小玮那样的人。

二

我和小玮会说上几句话，是从一次地理课开始的。那次老师要我们分组做报告，一组三人。

地理老师是个新来的女老师，比起"屠夫张"温柔得无与伦比，也特别照顾课业落后的同学。

"这次的作业比较难，所以老师希望功课好的同学可以帮助功课差的。吴顺达，你可以跟黄友贤一组吗？另一个人的话……就陈钰玮好了。"

于是我们就这样认识了。黄友贤在班上也是被欺负的对象之一，原因是他的少数民族身份和黝黑的皮肤，还有口音文法都有些奇怪的普通话。也就是从那以后，我们开始会说几句话。

我说话的对象还是以小玮为主，就算友贤在班上被欺负，但他有空时仍然会发挥少数民族精力旺盛的特性，跑到球场上找人打球。当然，他也是那时候我们之中最高、最壮的一个。

有时下课在厕所碰到小玮，他会先点头问好，然后便问我要不要一起走走。然后他每次都会不经意地走到操场的角落，远远地望着场上一方。

"你每次都走到球场看谁呢？"我问。

"友贤。"

"去，我还以为是哪个女生。"

"嗯，友贤很健康的。"这是什么怪回答，我想。

但那以后我才发现，友贤的身材的确很漂亮，匀称而浮出浅沟的六块腹肌，稍稍隆起却仍保有稚嫩的胸肌，以及壮硕发达的小腿，是会令男生都觉得羡慕的身材。

小玮被欺负的情况越演越烈，有次甚至整个书包都被人倒到楼下。那天正下着雨，楼下又正好是一片未整的泥泞园地，他所有的书都沾上了污泥。

之后他又多了类似"恶烂人"或"大便人"之类的绰号，不过别人怎么叫他，他也毫不在意。

"屠夫张"也对他很不满，不问课本被丢下楼的原因，就直接花了两堂课责备他不爱惜课本。

我注意到周遭的几个女同学露出微笑的神情，仿佛在表示"终于让你得到教训了"，但小玮依然没有什么反应，只是低着头。

最夸张的一次是被人诬陷。在被骂过后几天，不知道是谁放了一本干净的课本在他抽屉里，然后趁着"屠夫张"要上课了，几个坏学生就举手向老师说某某某的课本不见了，请老师检查全班的书包和抽屉。

当然，小玮又被臭骂一顿，总之不外乎"成绩差就算了，居然还敢偷东西"，或是"你已经是个没人格没救的人了"。他被罚了什么我忘记了，只记得大家都在旁边围观，而我不忍看。

趁着某节体育课，我借口肚子痛到旁边休息，想要问问小玮的情况。

"哎，"我叫他，他正靠着栏杆看围墙外那棵高大的木棉树，"你……还好吗？"

他转过身，半淡地将嘴角上扬，但很快地那抹笑容消失。"吴同学，你知道第二次世界大战时的详细情况吗？"他说。

"嗯，知道一点……"

"你知道同盟国跟轴心国吧？"

"嗯。"

"世界都把美英法当作正义的英雄，轴心国是邪恶的坏蛋，所有人都期待着正义击败邪恶，世界变得和平的那天来临。"

"是啊。"我随口附和道。

"可是那天来临以后，才发现完全不是那么回事。"

"哦？怎么了呢？"

"大大小小的战争仍然在地球各处不断持续着啊。"

"嗯……"我摸不太清楚他想讲什么。

"并不是因为邪恶无法消灭，而是因为大部分的人无法接受他们不再是正义了，你懂吗？"

"好像可以理解一点。"

"嗯，这就是为什么他们要一直找出邪恶的原因。并不是由于想要弭平所有战争，所有的战争都说是为了和平。他们只不过是不知道自己做的究竟对不对，就只好继续找寻下去。"他抬头看天空。

"这是你自己想的吗？"我问。

"大致上。"

"感觉起来你的历史好像很好，可是怎么考试都没有考很高分？"其实说出口我就有点后悔了。

"因为这个课本上没写嘛。"他苦笑一下，然后又转过身去看那棵木棉树。

三

有段时间，小玮整天戴着耳机，不知在听什么。声音没有开得很大，但他对别人的呼唤却完全没有反应。

有一次，放学后我俩一起做值日。"你最近都在听什么？"我问。"我只有耳机而已。"说完，他把耳机的插头拿出来秀了秀。

我不知道该回答什么。

"你亲我一下好不好？"他突然说。我吓了一跳。

"我突然很想有人亲我一下。"他用那双深邃的眼睛盯着我看。

那天回家后，我便跟姐姐讲。

"哦，就是那个，"姐姐说，"所谓的'同性期'吧。"

"那是什么？"

"大概就是青少年时期念纯男校或纯女校，因为没有异性，而把自己的爱慕之情投射在同性身上的某种情感吧。"姐姐淡淡地说。

后来又有一天放学，他背着书包，走到我的座位旁。

"你知道吗，吴同学？"

"嗯？"我在埋头整理抽屉。

"人只有自己一个人的时候才会变得很坚强喔。"

"是吗？"我抬头看他。

"嗯，原因你以后就会知道了。"

"讲得好像你活得比我久一样。"我开玩笑地说。他也笑了，这是我第一次看他笑得这么开怀。

小玮死了，车祸。

前几天接到陈妈妈打来的电话，问我能不能去见他最后一面，还说小玮一直记得我。

这个名字在我的记忆里已经隐匿许久，自从初中毕业后都不曾想起过。只在那通电话后，才稍稍地浮现隐约的记忆。

葬礼那天，我早早到场。我找到陈妈妈，问了小玮在初二那年转走后的情况，也问了为什么会特别打电话找我。

陈妈妈说，其实小玮很早就萌生过自杀的念头，而且不止一次，甚至早就写好几份遗书，但他都没有真正自杀过。他从小就是很悲观的小孩，爸妈虽然心疼，却也因为这样，车祸发生时仿佛习惯哀伤了，才没有过度伤心欲绝。

说完，她红着眼眶，将给我的那份遗书递给我，希望我能好好收着。

我打开遗书。

给吴顺达：

你记得有一个傍晚，我跟你说过什么吗？"人只有自己一个人的时候才会变得很坚强"，这句话还记得吗？

其实那时候我也是在逞强，我并不知道原因，但我现在知道了。因为啊，只要人跟人在一起，就会变得软弱。

看到这里，我不可抑止地流下了两滴泪，才注意到最下面还有一句："所以人只会越变越坚强。"

脏朋友

文／滕　洋

　　我上次从别人嘴里听到疏疏的名字，是说她甩了相恋七年的男友小史。小史在分手后的纪念日、生日准备了无数礼物，足足等了她一年，都未等到她的回心转意——疏疏背叛了爱情。

　　这倒是我比较惊讶的，终于好像，在别人对我的朋友疏疏的评价里，有这么一条是极差中带着一些羡慕嫉妒恨的成分了。屈指道来，我已经听过了她的朋友小冬说她们两人不再联系，是因为疏疏觉得小史暗恋小冬——为一个男人，疏疏背叛了友情。

　　有时我会怀疑，别人口中的疏疏，跟我多年前认识的那个姑娘不是一个人。疏疏是我的大学同学，也是我在大学里认识的第一个人。

　　开学那天我第一个报到，宿舍里没有人，铺好床刚迷迷糊糊睡过去，就被其他姑娘搬行李的声音吵醒了，但社交恐惧让我继续在床上直挺挺地装睡。

　　她放下箱子就"叫醒"了我："我叫疏疏，你叫什么？"

　　我假装被吵醒，带着气看她，心里觉得：这真是个人来疯啊。

　　那天之后，我们按长相结成了"一起吃饭上课而不会显得不合群"的友好帮扶对子，即"闺密"。我和疏疏显然属于长得一般那类，本着

都不愿给好友拖后腿更不想当陪衬的心，成了朋友。

疏疏和小史就开始在我和她建立起稳固的伙伴关系之后，疏疏有一点喜欢小史。小冬也是那个时候出现的，她和疏疏在同一个社团。在疏疏和小史始终游走在"她爱他，他不怎么爱她，而她决定不再爱他，他却有点开始爱她"的游戏中时，小冬跟自己那时的男友也在类似的爱恋游戏里捉对厮杀，自然而然就成了疏疏的好朋友。这一点，我是坚决反对的，因为小冬长得明显比我和疏疏好看，说好的按长相挑朋友，怎么一夜之间全变了呢？我的内心里，是一种被取代的恐惧感。

疏疏一句话打消了我的顾虑："你是我亲生的朋友，没法挑剔，后天的朋友还不许我挑个美的吗？"亲生的朋友，这一"生"我想恐怕就是一生了吧。

大学时，失个恋就像挂个科一样容易。疏疏跟小史吃第一百次回头草的时候，我第一百零一次失恋了。那天疏疏躺在床上陪着我一夜没睡，第二天我们决定一起去旅个游，斩断情丝。

　　事实证明，情丝没斩断，各自的硬盘里却多了无数醉酒后抱头痛哭的丑照。我们决定，为了防止友情破裂后某个人丧失理智把照片发给第三个人看，必须做一辈子的朋友。别的闺密闹别扭互不理睬，我们吵架时互发照片。

　　总的来说，还是不乐意失去这个朋友吧，没有兄弟姐妹的一代人，谈恋爱与交朋友都会特别容易指天立地、歃血为盟。虽然是同一专业，但我喜欢创作，疏疏主攻评论。那时我跟她有一个约定，我想成为有名的写作者，她要成为特牛的评论家。当我们白发苍苍时，一个人会先死去，另外一个人要在对方的葬礼上告诉所有人我们是一生的朋友。这是我们能想到关于友情最好的诠释。

　　这件事，当然没有成功。毕业后，我成为辛辛苦苦靠码字讨生活的人，她成了成天追在码字的人屁股后面催稿的那个。

　　而这次，我从别人嘴里听说的疏疏，背叛了我。

　　那是我一个很想要合作的公司，负责人跟我接洽了几次之后，表现出了强烈的意愿，签合同的时候我不知该要多少钱，灵机一动让对方去找我的"经纪人"——疏疏。

　　对方跟疏疏聊过之后，善意地提醒我："你那个朋友要收你稿费一半的经济费用，你是不是被坑了？"

　　我很难过，我没想到疏疏会这样跟对方说。多年友情却完全不了解这个亲生朋友的感觉。之前不论别人如何谈论她，我都带着微笑或很沉默，因为我自以为知道她所有难言的苦衷与内情——小史并没有看起来那么深情，相反他想要的并不是疏疏，而是一个按他意见生活的木偶。

分手后小史威胁要自杀与无穷尽的纠缠，才是疏疏至今不想跟任何人解释的根本原因。至于小冬，也根本不是什么所谓的好友，私底下告诉所有人小史不喜欢疏疏是因为深爱着自己，她很可怜疏疏。只是，作为疏疏亲生的朋友，她叫我不要为她争辩，我就不能说。

不过这次的事情，我是真的很生气，我回到家就拍开了隔壁疏疏的门，"你报价太高直接谈崩了。"

"你傻啊，不是你说最近日子紧让我帮你多争取的吗？"

"那你也不能多给我报那么多啊，我以为你懂我呢！"

然后，疏疏说："在我心里，你是最好的，这个价格已经是很优惠对方了。"

除了抱头痛哭，再没有其他结局了。疏疏报的所谓经济费用，是我想要的稿酬。我依然是不会跟人打交道的社交障碍分子。

人总是需要一点奇形怪状的脏朋友，在你不敢开腔时帮你发言，在你不敢出面时做坏人帮你讨回公道，在你没法交往时主动做你的朋友。这个人，在你的世界里会帮你背所有的黑锅，挡住所有泼来的脏水。

后来，我问疏疏，难道她这样把责任全部自己承担，真的不会难受吗？她笑了，她的朋友比如我，自然会在她与小史、小冬的纠葛中，毫不犹豫地选择相信她。至于小史、小冬世界里那些在乎小史与小冬的人，"就像那个想跟你合作的公司一样，反正，我跟他们一辈子都不会有其他交集，他们怎样想我又何妨？"

这就是我的脏朋友，我与小史和小冬，都曾承蒙她的恩惠。想来，生而为人，根本不需要什么锦上添花的闺密，一起高兴一起哭不顶用，关键时刻能不要脸面地维护对方，才是所谓亲生——没得选。

朋 友

文／叶 离

一

杜云曾经在心里千遍万遍地想要曹斯死掉。

没错，我说的是，曾经。

狭小的女生宿舍，满满当当挤满了人。床与床之间的空地上，摆满了或大或小的行李箱。班主任慢慢拉上眼前已经检查过的行李箱的拉链，然后从女生包围着的空间里站起来。

最后说："那，现在就只剩下杜云和曹斯的了。"

"曹斯，哪个是你的？"班主任看向站在人群里的女生。

"那个。"曹斯伸出手，指了指靠里的还没被打开的、两个箱子中右边的那个，"红色的。"

"那黑色的就是杜云的吧？"班主任朝那两个箱子走去。

杜云十指交扣，额头沁出一层细密的汗，整个身体都沉浸在窒息般的紧张里。她睁大眼睛把视线久久停留在曹斯的后背，希望她能感受到自己目光里的温度，可对方却跟其他人一样，关注着班主任的一举一动。正准备收回视线，曹斯终于把头转了过来，然后看着自己，她平静的脸上漾起了和平时一样的微笑。

看不出一丝其他任何情绪的微笑。

二

杜云完全能够回忆起，她第一次和曹斯说话的情形。

杜云所就读的高中是全市数一数二的重点学校，这所学校有一个特色就是全体学生必须住校——所谓的封闭式管理。

是在几个月前，去年的年末，整个 12 月天空都飘着阴冷的、偶尔还夹杂雪花的小雨，6 点钟光景的校园，更是一片灰暗死寂。

杜云难得失眠，索性起床。在食堂随便买了份早餐，远远看见教室的灯已经亮了，于是就朝那边走。

直到走到教室门口，杜云才发现空荡又冷清的教室里，只坐着一个有些陌生的女生。

杜云觉得一声不响地进去有些不礼貌，于是随意打了声招呼："真早啊。"

女生立刻抬起头，笑了笑说："你也是啊，这么冷的天，怎么不多睡会儿？"

"失眠哎。"

"这么早就能买到早餐吗？"对方这样问了一句。

没寄宿过学校吗？杜云当然没把这样轻蔑的话说出来，但她还是立刻转过身，用讶异的口气问："你该不会没吃早餐吧？"

女生有些不好意思，点了点头。杜云想了想，捏起装早餐的袋子走过去，递给她："食堂是离我们宿舍比较远，你不知道也不奇怪。喏，完全没有碰过的，不介的话就先填饱肚子吧。"

"谢谢，我叫曹斯。你呢？"粉色的双唇一张一合。这是杜云和曹斯的第一次对话。

三

曹斯第一次走进教室的时候，就发现气氛有些奇怪。不知哪里出了问题，女生们脸上一致挂着冷漠的表情，几个男生嬉皮笑脸地交头接耳，不知道在说些什么。

相处一段日子下来，不但没有融入新的集体，反倒不停地被人挑毛病。就连过了熄灯时间，点着并不妨碍人休息的小台灯继续温习功课，也会被人说"做作"。

对。做作。这个词很好用，只要你不喜欢一个人，一时半会又想不出对方到底哪里让你不喜欢，那就可以在那人身上随意扣上。

尽管如此，曹斯也没过多地抱怨或是进行回击，她照常落单做自己的事。没有女生不爱漂亮，就算被人说三道四，她也不会觉得冬天抹有色唇膏是什么不正常的事。而就在前几天，曹斯发现，并不是所有女生都用有色眼镜看她。有那么一个人是例外，不仅主动跟她打招呼还把早餐分给她。

而且——

"杜云啦，很普通的名字。"那天早晨，杜云这样回答她。曹斯发现她注视着自己的脸，问她："哪里奇怪吗？"

"哦，不是。"杜云顿了顿，问，"学校里应该没有这种唇膏卖的吧？"没有不屑轻蔑的眼神和语气，也没有说她做作，甚至连一丝一毫的反感都没有。

"有的吧。"回答的声音都控制不住地有些颤抖。

四

虽然有打照面，有说话，有因为不想浪费所以顺手做人情把吃不下的早餐分给对方，甚至明明不喜欢，却碍于对方问起又临时顺口把对方所用的唇膏拿来做话题。虽然和曹斯之间发生过这些事情，但杜云却从没有要和她走近的念头。

杜云也没有其他女生那么强烈的反感情绪。在她看来，那些说曹斯坏话的女生其实也好不到哪里去。至于为什么偏偏曹斯就成了软柿子，原因简单而直接——她长得好看。

杜云每天规规矩矩上课下课，平日里做人大方，所以在班里的人缘一向都很好。可是好相处又大方的人岂止杜云，大家老爱围着她，原因同样简单而直接——杜云很有钱。

就好比眼下：一大群女生围在杜云的桌边，杜云眼前摊着一袋从超市搜罗回来的零食。用杜云自己的话说就是刚结束联考，想买点东西犒劳自己。"一下子买多了，你们随便拿。"

杜云喜欢顾浆。他们隔得比较远，彼此间不算熟，如果不借助"集体派发福利"的机会几乎没借口接触到对方。所以每次杜云分享好东西时，顾浆必在场。

"喏，你也吃点吧。"杜云把特意单独准备的巧克力递给埋头看书的顾浆，随即又急忙补充道，"大家都有吃的。"

"哦，谢了。"简短的回应，甚至没抬头看女生一眼。

杜云转身想回座位，曹斯笑着迎面从外面走来。

"你真没口福，吃的刚分没了。"杜云看了眼空了的袋子。

"没关系，我也不饿。"说完曹斯便在位置上坐下。

当杜云迈出第三步，身后传来顾浆不小不大的声音："喏，给你。我不爱吃这东西。"

五

对于杜云没有把零食留一份给自己，曹斯是有些失落的。但这失落在身后的顾浆将那块巧克力递到她面前时，便消失不见了。

学校里像顾浆那样干净又好看的男生屈指可数。由此，曹斯开始不后悔转学走进这么一个不愉快的新环境。甚至觉得坐在离顾浆如此近的地方的自己，是多么的幸运。

曹斯并没有勇气把爱慕之情光明正大地表现出来。曹斯心里最最关心的是顾浆的看法——是不是会和其他人一样，觉得她做作？

课间曹斯去了一趟厕所，等回到教室发现教材不见了。眼看还有两分钟就要上课了，这时顾浆的手指向曹斯旁边的座位。"在那里面。"

果然被人藏在了那里。翻开第一页，名字旁边多出了一个用圆珠笔写的"贱货"。曹斯立刻合上，转身跟顾浆道谢。

"这倒不用。"男生看着曹斯，然后开口，"我觉得你还是主动和她们解释下吧，老被这样对待也不好。"接着是最重要的那句，"明明没什么地方让人讨厌的。"

听到这句话的时候，曹斯鼻子瞬间酸了起来。

眼下是学期末，杜云忽然和人私下商量对调了宿舍，和曹斯住在了同一间。

"怎么忽然换宿舍？"曹斯问杜云。

"你不知道吗？我之前宿舍老丢东西，所以，你懂的啦。"杜云很亲密地搂过曹斯，继续说，"不过呢，主要还是想和你住近点嘛。"

曹斯没料到杜云接下来说的话。"告诉你一个秘密，把你当朋友，才告诉你的哦！我喜欢顾浆。"

把你当朋友，才告诉你的哦。

六

女生宿舍丢东西是常事，换宿舍并不能解决问题。所以杜云会换进曹斯住的那一间，无非是想让对方觉得自己的确把她当成了朋友。然后抢在她之前，将自己喜欢顾浆这一信息传达出去。

包括那次在曹斯的教材上咬牙切齿地写下那个"贱货"。书是被其他女生拿来的，杜云不知哪来的冲动就写了那两个字，写完后有种大大出了口气的快感。

新学期开学已有一段时间了，曹斯似乎也很顾及和她之间的情谊，没有做任何接近顾浆的行为。杜云感觉整个心情都轻松了起来。

对此，她觉得有必要真诚地为曹斯做点什么，至少弥补之前暗地里对她的伤害。所以体育课上，杜云进行完跑步测试，立刻跑去超市买了零食和饮料，准备等曹斯跑完给她。但当杜云提着袋子回到操场，不但没有看到曹斯，连带顾浆也不见了。曹斯在跑步测试中扭伤了脚，顾浆背她去了医务室。

一整天下来，杜云都郁郁寡欢，索性连晚自习也翘掉，躲回宿舍闷头钻进了被子，脑子里全是顾浆背着曹斯的画面。

不知何时睡着的，等杜云醒过来已是半夜。杜云闭上眼想继续睡，却怎么也睡不着。底下传来细微的声音，有个人正小心地拉上一只行李箱的拉链。即使光线昏暗，杜云也辨认得出那是她的。

有人在偷东西？杜云认出了那个人，是曹斯。

七

班主任在曹斯的行李箱前蹲下去，刚用手捏住上面的拉链。

"是我！不用看了，东西是我偷的！"杜云边说边从后面走出来，最后在曹斯边上停下。

刚才曹斯脸上的微笑让杜云更加紧张起来，就好像她早就知道是自己去跟班主任提议突击检查女生宿舍来揭发她一样。班主任看着杜云没说话，周围女生一片哗然。

"突击检查是不是你提出来的？"班主任的眉头微微皱起来。

没错。前一晚杜云看见偷东西的人是曹斯，心里既兴奋又紧张。以致第二天都没看她究竟偷了什么就去找了班主任。可是现在，杜云后悔了。

因为——直到半小时前她才发现，曹斯是真心把她当朋友的。

半小时前的课间，杜云坐在教室里嘴里哼着歌，脸上挂着满满的笑。有人问她什么事那么开心。

"等会儿你就知道了。"杜云必须忍住，等待好戏上演。

杜云看见曹斯正远远地朝自己摆手，"有人找你。"

杜云冷笑一声。自己都大难临头了，还有工夫管别人的事。

被曹斯拉着手，一路小跑，拐了好几个弯。杜云不耐烦地甩开手："你到底……"话还没说完，便看见那个找她的人。

那个站在不远处黝黑的脸上笑出无数皱褶，戴着土黄色编织帽，穿着沾满泥灰的工人装，手里提着一袋水果的人，是她的爸爸。是和平时大方慷慨的她的父亲形象完全不符的一个人。杜云不敢想象这样的一幕被大家看见，一无所有却要装阔气的自己将会被人耻笑到什么程度，自己又会沦落到怎么无地自容的地步。

"我买水的时候碰巧遇见伯父问路。"曹斯拍了下她的肩。

回去的路上，曹斯先开了口："放心吧，你的事我不会说出去的，你以后也不要那样了，不值得的。"

走到教学楼楼下，杜云才哽咽地说了声"谢谢"。

看到班主任朝宿舍走去，杜云才意识到已经来不及了。

八

眼看着曹斯的箱子就要被打开，杜云无奈地闭上眼低下了头。

箱子前盖被掀起，所有女生都屏住呼吸伸长脖子往前看。杜云的视线移到行李箱上，没有任何被翻动的迹象。

班主任转向杜云，"杜云，我需要你之后来办公室给我一个合理的解释。"

杜云像是没听见，有些湿润的眼睛定定地看着那支在衣服褶皱里露出一角的粉色唇膏。杜云慢慢拿起那支唇膏，一米之外，曹斯正在整理着她的东西。

"这个东西？"杜云小声地说。

"是礼物。"曹斯转过脸，笑着，"我从学籍卡上看到的，你今天生日。"所以三更半夜偷偷蹲在床下，是为了藏这个东西吗？

"真的很抱歉，我……"杜云咬着嘴唇，就要哭出来。

曹斯拉过她的手："我一直都很感谢那天早晨你分给我的早餐，说是生日礼物，其实是我一直都想做点什么当作回报。"

九

刺眼的日光大片大片地照射下来，聒噪的蝉鸣四面八方地从繁茂的树枝间传过来。杜云远远地落在后面，一边还在用纸巾抹眼泪。

"不是吧，还在哭？"曹斯小声嘀咕着。

等杜云快走到眼前，曹斯故意提醒她："肿起来的眼睛指不定会被顾浆同学看见哦。"

听到这句话，对方有点害羞地赶紧擦了擦眼角，"哎哟，讨厌啦！"然后踏进了自己所在的同一片绿荫里。

一梦三四年

文/李维北

一

阿虎最近老是瞌睡连连，被几个老师各种罚站蹲马步都止不住。连带我这个躲在练习册堡垒后看漫画的同桌也随之遭殃。

我和阿虎傻兮兮地被老师罚站在教室外面，十二月的寒风摧残着我们的呼吸道和鼻孔。

"好冷。我忘了把手套带出来了，你说我现在回去拿会不会被骂？"阿虎打了个冷战，哆哆嗦嗦搓着手。

身体那么强壮的阿虎怕冷，在我看来也没什么，这家伙空有一副好身体，是个标准老好人。他就像是从火星来谈判的外星人，和我们这些地球人说话总是笑脸相迎，小心翼翼。

"佩服。你去试试看啊。"我冷笑，是真的很冷，肌肉都要被冻住了。我脱下一只手套丢给他。没办法，讲义气一向是我的软肋。

我家算不上什么美满，比起阿虎来说还是要好太多。他家被外人叫作犯罪世家。阿虎爸被抓去坐牢，阿虎老妈因为贩卖人口还在被通缉，他爷爷是最老的一拨内地古惑仔。最无辜最难过的就是他奶奶了，我印象里是一个沉默老太太，话不多，每天依靠捡废品养活阿虎。

由于阿虎家的特殊背景，所以经常有警察光顾，问这问那，更有一些和他父母沾边的人也会找上门。七岁的阿虎睡眠很差。他想快点长大，能够去上学，就不用待在家提心吊胆了。

某一个晚上，他躺下后睡得很熟。在他短暂的童年里再也没有比这个夜晚更舒适而平静的了。当他模模糊糊清醒时，他十岁了。仿佛一个持续了三年的长眠。

"我不知道怎么给你说清楚。但确确实实，七岁到十岁这段时间我脑子里就像被压缩了，只有每天睡觉的时候，零星片段才会出现在脑子里，家里的、学校的、自己的……你看。"

阿虎挽起厚厚的衣服，露出胳膊，上面有一道很深的伤痕，像是刀伤。"我根本记不起这个伤口是怎么来的，邻居说我拿着菜刀吓追债的人，不小心划伤的。"

他苦着脸，把手套还给我，"我就是记不得。就像……那一段时间，我的身体成了出租车，被其他人用了一样。现在的我和以前的我不一样了。如果以后我不是我，我们还是朋友对吧？"

我也脱下手套。戴着手套的我们太眷恋温暖，都快忘记，真实的外面此刻是冰冷的。三年不算长，不算短，我老爸用三年混个经理，阿虎认为三年不过是一场梦。这是疑问，是信任，我心里滋味莫名。

二

到了午餐时间，教室里只有寥寥几人。我喝着老妈炖的番茄老鸭汤，衡量阿虎和我俩人谁的老爸更差劲。

说句不怕笑话的，我没怎么明白我妈为什么会和我爸那种酒鬼结婚。给我取名"大胆"的老爸陈吉勇，早上起来吼着"奋斗"、"努力"什么的，昂首挺胸出了门，晚上回家就醉成一摊泥。

"陈大胆，过来一下。"

英语老师——也就是我们的班主任用食指推了推镜框。

"黄虎最近很反常。"他用鼓励的眼神看着我，"他今天没来学校，打他家电话是停机，老师很担心。"

我脑子里灵光一闪，说："老师，我也很担心黄虎。能不能让我今晚晚自习请个假，去看看他。"

班主任眉毛扬起来，稍微一顿："也好，但你要注意，不能耽搁自己的学习。"

我点头如捣蒜。想不到我陈某居然也能成功揣测上意，最主要的是，终于可以正正当当逃一个自习了。

阿虎病躺在床上。

阿虎家比较小，他的房间堆满了各种杂志和漫画，墙上贴着巨大的足球海报。

阿婆端来两大碗面，"你也吃。"阿婆的皱纹在白炽灯光里显得很深。我默默用筷子夹起面条。

"你家电话停机了。"我对阿虎说。

"欠费，月底阿婆有钱了就交。"

"班主任问你，你要请几天病假？不如休养个一周？"

阿虎摇头："晚了回去就跟不上了。后天我就回学校。"

阿虎语气忽然有点异样，右拳捏紧。"阿婆年纪大了，经常咳嗽。任何事情都有代价，我必须更努力了。"

三

记得刚入学，阿虎是个非常有精力，话相当多的人。参加足球队，成绩优秀，外表又阳光，看起来他即将成为学校主角之一。

一切美梦结束在他家传言面前。犯罪世家，多么像笑话的恶毒词语。这是我人生里第一次看到人翻脸就像演戏。所有人都躲着他，怕他，敷衍他，害怕和犯罪世家沾上关系。

我老妈是警察，我每天都要听她讲罪犯的故事，我知道部分真相和纯凭想象是两回事儿。

发光青年黄虎变成了落魄青年阿虎，每日看书翻漫画度日，阴差阳错成了我同桌。

有次自习我肚子疼，跑去方便后回来看到阿虎被罚马步，原来我没看完的漫画还在桌上，被老师发现，阿虎站出来代我顶罪。从此阿虎正式成为我的朋友。

阿虎生病时，我同桌的位置照样空着，我和前后聊来聊去，也没人问起阿虎。我翻开漫画书，正看得起劲，被老师打断。

"现在告诉大家一个好消息……"

好消息就是要分班了，便于结合各自情况继续学习。火箭班、航空班、普通班，这是三个等级。普通班级别最差，当然前头几人达到火箭班要求也可以申请调班。航空班就高级了，完全是为了攻陷国立顶级大学打造的精英副本小队。

分班是大事，轰轰烈烈搞了两天，各班级班主任领人走了。我和阿虎毫不意外分到普通班。

阿虎生病回来就变了很多，像计算机一样每天疯狂运行着，做作业，阅读。如果说以前他是用七成功夫留有余力在读书，现在就是十二成的超负荷运转。

读书狂人阿虎，业余不和我谈漫画和足球了，他似乎也丢失了漫画和足球的天赋。我在他身上看到一个让我熟悉又情感复杂的影子。

放学回家，看着优哉游哉坐在沙发上喝啤酒看拳击比赛的陈吉勇，我心里不爽。平常我会转身不甩他，不过今天例外。

我斟酌用词，说："我有个朋友，最近变得很多……让人不好接受。"

我哇啦哇啦把阿虎的事抖了出来。"反正我不明白，一个人怎么可以变成他以前讨厌的样子。"

老爸跷着腿，长长吐了一口烟："生在那种环境里，如果我是他，会选择最简单直接的方法解决问题。这些问题都是实实在在存在的，阿婆老了，被追债，被看不起。读书是他最适合的选择，他很聪明。"

"但是……"

"没有但是。"老爸冷酷地说，"凡事都有代价，选择了条件一，就不得不放弃条件二。不过你不同，我们家有我啊。我在，你想怎么过就怎么过，想怎么读就怎么读，你和你妈开心就好。"

他理了理刘海，朝我露出一个带胡碴儿的中年男人的微笑。

选择了条件一，就不得不放弃条件二。就像我点了猪蹄饭，就吃不下牛腩饭。白天夜晚地读书，为了交换将来一个机会，忍受家庭带来的副作用，是阿虎走入正常人轨道的付出。

等价交换，科学家们早就告诉了我们这个世界的真相。我有种洞悉天机的错觉。

我知道，阿虎可能又一次睡了过去。

谁不是一样呢？我们记得那些快乐的时光，把痛苦、难过丢弃在内心厚厚的路面下，记忆回头一看，一路上都是美丽的。

四

令我吃惊的是，阿虎只用了四个月就冲入班级前三，跳入火箭班又很快跳入了航空班。

身边少了阿虎，难免有些不习惯。我也逐渐融入了更多的同学群体，每天插科打诨，偷偷画自己的漫画。偶尔我也会碰到一个方向的阿虎，但无论他还是我，都显得不自在，相互点点头就过去了。

一年过去了，两年过去了，三年过去了，时间走啊走，我的自画集都画满了五本，唯一没变的就是成绩了。而阿虎已成了全校传说中的奖学金达人，除了成绩很好很好，其他我一无所知。原来的阿虎睡着了，不知道要睡到哪一天。

五月天开始热了，夜风是难得的享受。在我前面，很久不见的阿虎朝我点头。

三年时间把阿虎改造得很彻底，以前健硕的身材变得消瘦，也高了，看起来斯斯文文。我们聊着一些有的没的，慢慢前行。

"记得我说的一梦三年吗？我觉得这几年又像做了一场梦，浑浑噩噩，回过头来就成现在的样子了。"

我哂笑："假如浑浑噩噩也能考个前五，我就烧高香了。"

他听出我话中的揶揄，有几分尴尬。走到我家门口了，我顺口邀请他上去坐坐。不过是礼貌性问候，他居然一口答应。

这回轮到我麻烦了，老爸最近又在跑大单，警察老妈常年不在家，家里只有啤酒。我撕开两袋泡面，打了蛋，开大火烧起来。

这么久没见，阿虎不善言辞依旧。我只好主动找话。"都说你们航空班是精英小队，我们普通班是炮灰组，还说你们有区别待遇？"

阿虎第一次开怀："没有那么夸张。不过奖学金的确要多一点。"

"才多一点吗？都说航空班学生都有身价的说法了，各个学校都在挖墙脚。"

他开了一罐啤酒："有的。不过我没兴趣。"

"那你对什么有兴趣？"我内心始终耿耿于怀，不看漫画、不爱足球的阿虎还算是阿虎吗？

这个问题似乎把他难住了。阿虎很专注地想了一下。"现在就只有成绩了吧。"对话又停滞了，我趁机去厨房把两碗荷包蛋泡面端过来。

"我也不知道怎么说，反正我就想找你说说话。"阿虎叹了口气。

"大胆。"这是他这么久第一次像以前般称呼我，"你知道在我们这里，一个人一个月要用多少生活费吗？最少要四百块。"

他往碗里放了大量的辣椒酱，光是味道就让鼻子想打喷嚏。

"以前我不知道这些啊，全是阿婆在管。后来她病了，必须躺在床上，什么都要我来了。那个月我们就剩下两百块。当时阿婆又生病，吃不下饭。她在我耳边念，希望我可以好好学习，做个好人。我以为她要死了。"

阿虎不看我，大口吃面。

"我就想，至少在她死前满足一个愿望吧。至少这个我可以做。"

"那是最难的时期。我进了前五，拿了三百块奖学金，加上阿婆的低保，我们有钱了，不用挨饿了。阿婆看到我的成绩单，身体一天天恢复了。"

阿虎大口喝下辛辣的面汤，鼻涕眼泪齐出。"知识就是力量。我第一次觉得这个东西是对的，没有那三百块，我根本无法想象。"他喃喃自语，"都说我读书厉害。我要养活自己，我要给阿婆买药，我要那些奖学金。我怎么不厉害，我又怎么能不厉害？"

我说不出话来。假如要内向的阿虎开口求助，那会让他多无助？那三百块，留住了阿虎仅剩的骄傲。这家伙还不到十八岁啊。

这一刻，我几乎看到他和我老爸的影子合二为一。我突然就明白了。强迫自己，是为了自己重视的人能够不用再强迫自己，我父亲如此，阿虎也是如此。面对磨难，他们漂亮地给出了答案，不被理解也不要紧。

他当时不告诉我这些，由于男子汉的自尊心，也因为他想要能和我不用亏欠地相处。男子汉的世界里，最不需要的就是同情。

阿虎从牛仔包里翻出一根尺子模样的东西。折叠几下，成了一个画框。"送你，希望你能早日有自己的画展。"

我接过这个阿虎亲手做的礼物。一口气说出积压在心底的秘密，阿虎整个人也轻松了许多。

"谢了。"他站起来，走到门口，"走了。"

我点头。

"等下。"我丢给他一罐冰啤酒，他稳稳接住，朝我遥遥举杯。

我也举起啤酒，笑了。

时间在变，阿虎在变，我也在变，所幸坦诚未变。有些事情在未准备好之前，不如睡一觉，哪怕三四年。等你想好了，总会有人愿意坐下来听一听。

和"神经病"住一个寝室

文／吕丽峰

一大早，班长军焦急地打电话给我："吕老师，您快来李的宿舍吧，他正叫喊着要让宿舍 ×× 付出血的代价。"

"先让 ×× 离开宿舍，同时看紧李！"简单交代完毕，我飞奔男生宿舍，一路上心怦怦地跳着。

李昨天才刚刚复学，他因抑郁症两次住院治疗延迟了毕业，和他一届的学生早已走上工作岗位了。昨天早上，我和班主任带着他走进新的班级，一切都很正常。我还特意把自己的手机号留给李，交代他，有问题，任何时候都可以跟我联系……

终于看到李了，他眼睛通红，不停地挣扎着，愤怒的心情扭曲着面部的表情，就像一只被激怒的野兽。班长军紧紧抱住他，身边还围着几个高大的男生。

看到我的到来，李冲我喊："老师，他才是神经病！老师，他侮辱我，我必须让他付出代价！"好可怕！我握着李的手，安慰着："坐下，坐下，慢慢说！"也许是对老师习惯性的信赖，李的情绪稍微缓解。原来，同宿舍的 ×× 以为李不在宿舍，站在宿舍门口嚷着班里来了一位神经病，这个神经病长得如何如何。正在床上忙乎的李听到后就爆发了。

在我的调解下，那个学生给李发来了道歉的短信。李看看短信，一言不发。

对李的过去，我知道一些。他平常比较沉默寡言，容易冲动，没有朋友，也不参加集体活动，学习成绩起伏很大。这次复学归来，他家人只希望他完成大学生活。

今天晚上无论如何不能再安排李住在原来的宿舍了。万一出事呢，先让他一个人住，他一个人住也不放心呢！可是又有哪个学生愿意陪他呢？军说："吕老师，我陪李住吧。他其实没有大家想象的那么可怕！今天的事不怪李，他只是反应强烈罢了。"李听着班长的话，抬头看了军一眼。

李就这样一直跟着班长军。军走到哪里，他就跟着去哪里，像个忠诚的影子。那间宿舍就安排他们两人。两周后，我找李聊天。难得见到李微笑的表情，"老师，军经常叫我'老李，该吃药了'，'老李走，自习去！''老李，操场见！'一个人的真诚你是能感觉到的。"李的言语轻轻的，没有丝毫起伏，和上次我看到他的情景判若两人。最后，他拍着自己的胸膛说："从未有同学这样对我，很多人都觉得我有病。老师，我很正常！"

其实，李是个可怜的学生，家乡偏远，经济困难，但他很有追求，非常努力。他曾经是专业学习最优秀的学生，也曾经一个学期全部课程未通过。也许是性格的缺陷，以前李木讷而寡言，两次患病，彻底击败了他的梦想，他说，拿不拿毕业证都无所谓了，就想回来继续过大学生活。

我敏感地觉得也许班长军改变了他的一些观点与想法。

我给军打电话，赞叹在他的帮助下，李改变很多。军谦虚地笑着："吕老师，任何一个有良知的人都会这样！李很聪明，我不会做的题，他翻翻课本就能给我讲解！这样聪明的人，怎么会没有希望呢？"

还是有人会说，那个班长怎么还和神经病在一起住啊？那个班长是不是在作秀啊？别人的评论像偶尔的沙尘暴，风暴过后，蓝天依旧。军还是经常性地邀请李做这做那，李还是不亦乐乎地跟着军忙来忙去。

期末考试结束后，李的考试分数惊人地排在班级第一名！班级一下子沸腾了！军是功臣，很多同学一下子改变了对军的看法，他绝对是在真诚地帮助一个同学，而不是在简单地作秀，再说，作秀能持续一个学期吗？

军乐呵呵地跑到办公室找我，"吕老师，太逗了，李那家伙听说自己的成绩后，一个人钻到宿舍，把我柜子翻了个遍，找出我所有的脏衣服脏被单，统统洗了一遍。哈哈。"也许这就是李表达感激的方式吧，对于朋友的真诚帮助，任何言语都无法形容。

大年初一的中午，军给我打电话，语无伦次："吕老师，您猜谁来我家了？李的爸爸带着李，拎着两只柴鸡、一包柴鸡蛋，真不知道说什么好。"

我不知道李和家人是经历怎样春运买票的艰难，带着万般的感激之情走进军的家中的。

大四的第二个学期，作为班长的军很快找到理想的工作，单位要求军去实习。

军有点不放心李："吕老师，如果我去实习，就没有人提醒李吃药和学习了。我有点不放心。"我也不放心，李毕竟还是在服药的状态，如果又回复到一个人的状态，他会不会又旧病复发呢？

后来，军说，我交代几个同学每天主动到李的宿舍走走，聊聊天，慢慢让李适应，晚上再回去开导他。我明显地看出李的失落，同学们反映，军白天去实习，李经常白天待在宿舍，很少出屋，军安排的学生在不同的时间点走进李的宿舍，装着无所谓的样子和李聊上几句。

时间转瞬即逝，一个月很快过去了。李突然主动走进我的办公室，"吕老师，我觉得自己正常很多了，哈哈。"他自嘲般不自然地笑着，"我也想去实习，找找工作。"

　　最后，还是军主动推荐了李，单位给了李一个实习的机会。

　　几年过去了，李工作努力，得到了领导认可。没有人知道，他曾经是一个被重点关注的学生，曾经没有一个朋友。

年轻总免不了一场颠沛流离

文 / 短发猴子

唯一的选项是北京

毕业那年，在得到网上一个没有任何保证的面试之后，我义无反顾地带着一千块钱坐上了去京城的火车，那时候的我并不知道三个月后会遇见你。

你爱脸红，有种江南女子特有的柔软气质，可是你说到你的北京之行，却坚定得像个侠女。你说，人生一世，好歹要到天子脚下来放放风啊！

那是认识你的第一天，我仿佛从你身上看到了自己。你边收拾东西，边叽叽喳喳地跟我说话，你的皮箱里堆满了各种精致的碎花上衣。

我也来自小县城，大学离家不过几十公里，如果按照父母的安排，毕业、工作、相亲、嫁人、生子，一生平顺。只是那些细碎的无聊和寂寞就像是褪色毛毯上的虱子，找不到、打不死，又无时无刻不痒得难受。我妈有六字箴言：不安定，没未来。可是，真正安定了，还会有心去争一个未来吗？

电影中的男主角说，想当棒球选手就要选择纽约，想当足球选手就要选择马德里，想做好电影就该选择好莱坞，要想成为漫画家就该选择东京。

如果想独立呢，我们应该选择哪里？这样的问题我们都问过自己。唯一的选项是北京，因为它够大，够远，够繁华，够神秘。

雨停了，总有一个人先走

认识你的第一天，我以为我找到了可共勉、可互相取暖的同伴，却没想到你那么快就决定离开北京。

每天都有那么多和你我一样的年轻人，卷着铺盖想在京城安身立命。工作难找，居大不易是必然的，你却好像完全不适应。面试过几家单位，工资一家比一家低，地方一个比一个远。两个星期后，你说，无法养活自己的浪迹天涯无异于颠沛流离。

我不知道这算浅尝辄止还是知错就改。回老家之前，你邀我一起去逛了北京城。那时我觉得你的确娇气，你说故宫人多，长城太累，颐和园太远，最后选了较近的圆明园。十块钱，这个曾经中国历史上最奢华的园林向我们敞开大门。

我说，你看，这就是北京的好处。你撇撇嘴，指着前面那个超级大的土坑说，好处就是看到这个京城十景之一的大湖变成土坑吗？说完，你飞速跳了下去和土坑来了个大合影。

天气很冷，风很大，你缩着脖子说，这才是北京吧，寒风刺骨，大湖变土坑，生活果然在别处，必须把这张合影放钱包，给以后想靠理想指引方向的时候醒醒脑子。

我站在身后看着你，心里有一种道不明的失落。初识时的那种惺惺相惜没有了，我甚至有点儿瞧不起你的轻言放弃。萍水相逢的我们，就像下雨天在凉亭避雨的两个人，雨停了，总有一个人会先走。

羡慕以外的一丝庆幸

我以为，我们只是各自人生里的过客，没想到时隔半年，你突然给我打来电话，说要和我见一面。你随领导出差来北京，酒店离我上班的地方不远，正好一聚。

晚上9点，我刚加完班。在宾馆大堂，我见到了你。你穿得很正式，头发也绾了起来，分别只有半年，你看上去好像成熟了好几岁。

我一边涮羊肉一边听着你说这半年。你听从了父母的安排，以笔试第一名的成绩去了一个乡镇参加公务员面试。坐在拥挤的中巴车上，你收到了英语专业八级考试通过的消息。命运最无情的地方，就在于它随时随地和人开玩笑。如果当时你在北京待久一点点，如果通知早到那么一点点……没有如果的你，通过笔试成绩和良好的谈吐成为一个大学生村官。

你笑嘻嘻地说，真的是农夫，山泉，有点儿田。你呢，过得还好吗？

就那样呗。

漂泊的艰辛一言难尽。穿梭在拥挤的城市里，虽然满怀抱怨，却又不肯离开。我常常加班到深夜，业绩终于有了长进。那时候最开心的就是坐在晚上10点钟的出租车上，筋疲力尽却又浑身热血。下了车，那条通往租住房子的不到两百米的胡同口，站着我那个普通但总是让我觉得温暖的男朋友。当然，还有一些没有说的，没有户口，没有房子，等等。

你听得两眼放光，说，真好。我听出了你语气中的羡慕。世上所有的得到都必须付出代价，而那代价又永远比得到的多一点儿。

其实，我也听出了你语气中羡慕以外的一丝庆幸。

另一个自己

那天，你打电话来邀请我参加你的婚礼。虽然我们保持着不多的联系，也称不上至交好友，可你仍将婚礼请柬和双飞机票快递了过来。

最后的单身之夜，你开车载我去吃你们那里最出名的鱼头火锅。回家的路上，你将车停在了一个路口。你说，你还不知道我的男朋友吧？相亲认识的，工作上进，是个标准的经济适用男，什么都好，就是必须和公婆住。刚开始我有点不甘心，但害怕错过之后就没有更好的了。你还漂着呢？

这个问题，问得我浑身一震。我迟疑地点点头。那时候我已经结婚，最青春的五年过去了，尽管我仍斗志昂扬却感到无比紧张和疲惫。谁都知道，走得慢了，可以加大步子，可是从来没有人告诉我们，如果走错了，该怎么办？

如果我当初留在家乡，大概就是另一个你。后来，我才认识到，平庸是大多数人生的结局，即使世界再大，你已用尽全力。

你转头看向我说，看着你过我想过的生活，我会安心许多。希望你能一直坚持。

我们在车里四目相对，回首来时路，似乎长大就在一夜之间。我就是在那时忽然明白，为什么我们之间有一种说不清道不明的联系。你于我，我于你，都是一面镜子，照见另一个世界的自己。我们不停地参考对方，来衡量现实中的自己。

好好走下去

就像亦舒说过的那样：小的时候，我们都曾立志，要做一个什么样的人，我们都曾天真地以为，只要发奋、努力、好好做人，愿望就可以达到。要到很久以后才发觉，原来，等待我们的是命运模子，不管我们愿不愿意，都会被按上来挤压。终于，我们忍着疼痛在夹缝中存活下来，这时，同我们原来的样子已有很大的出入。

其实人生，分开或不分开，都会后悔；接受或不接受，都会后悔；安稳或不安稳，都会后悔。我们一直在逃，太平淡要逃，太刺激要逃，逃来逃去还是在现实里躲猫猫。只是每逃跑一次，与你每对照一次，就发现原来过去并不是那么面目可憎，甚至每种拥有过的时光都让我怀念。

人生不进则退，却又远远不止喜怒哀乐四个选项。成长都是在迷茫和痛苦中到来，真实而残忍。人生的路那么多，那么长，不论你走哪一条，生活都不会是十全十美。只是不论选择了哪一条，我们能做的就是好好走下去。

亲爱的丽丽姑娘

文／陆清时

　　每次遇到名字叫丽的女孩，我都会深觉她们的父母在取名这件事上从没有动过脑筋，由此可见这个女孩生来就不受重视，好像就此被打上了平凡的标签一样。很久以前在我认识陈丽的时候，我就是这么想的。我们从小一起长大。陈丽在学业上毫无天分，和我隔着一条走道坐着，支着脑袋昏睡沉沉，永远睡不醒的样子。她的座位也被越移越靠后，老师们提起她总像面前有只苍蝇那般不耐烦。

　　高中总开那种要命的家长会，陈丽和她妈妈坐在角落里，两人一模一样的表情，支着头像要睡觉的样子。我妈奋笔疾书记着老师说的话，忙里偷闲还要嘲笑她们："有其母必有其女啊。"我没有说什么，但是心里的嘲笑肯定是有的。

　　因为走得近，班主任总让我帮陈丽补课，好像不让她拖班级后腿是我的义务一样。有时候给她讲数学题，看她心不在焉的样子就忍不住来气，"你整天到底在想什么呀？18年只要你做读书这一件事，你都做不好。"我一生气她就跑到楼下小超市买柠檬奶茶、妙芙蛋糕哄我。陈丽的零用钱总是比我多，她做好多副业，比如代借漫画书、代买电影票、代送鲜花。陈丽为这些小本生意忙得不亦乐乎，拿个小账本在我面前算得格外顺溜，还自己发明了一种类似复式记账的记账方法，所以，其实从小陈丽就是个格外有经济头脑的姑娘。

成长总会经历些不可预料的意外，我们无可避免地要去面对。而那时候，陈丽表现得异常坚强。这让我在内心有着暗暗的敬佩。当然我总是那么要面子，说不出任何安慰和佩服的话。她开出租车的爸爸在高二那年去世，她拉着我在小区门口呆坐了两个小时就转头对我说："我好了。谢谢你陪我。"后来我觉得，可能陈丽就是在那个晚上长大的，她把所有的悲伤、对生活的恐惧、对未来的不安都凝结到了一起，转化为对赚钱的热爱。邻班有两个女生吃着陈丽大热天跑腿买来的可爱多，还嘲笑她："你说那个陈丽是不是想赚钱想疯了。"那一瞬，我有点心疼陈丽。

当我们坐公交或者打的四处闲逛的时候，陈丽已经因为给快餐店送外卖而对这个城市的道路了如指掌。陈丽绑一个高高的马尾，光亮的额头上总是一层汗。一小时八块钱的工资，风雨无阻。有几次我问她："累不累？"她笑了笑，擦擦汗，然后转身就开始忙碌。她从不抱怨，因为陈丽说抱怨一点帮助都没有。

高考结束后，陈丽和我都考到了苏州的大学。我学音乐，她念大专的会计专业，时不时会来看我，要我带她去我们学校的食堂吃饭。食堂的饭菜明明那么难吃，她却吃得津津有味。我明白，她羡慕这所大学里每一个学生。四年的时间里，我忙着谈恋爱，陈丽忙着赚钱，从一开始的做家教、发传单到之后办兼职中介、健身教室。四年的时间，我无所事事地度过了，毕业的时候爱情结束了，工作没有着落；陈丽却成为开店的老板，对于经营生意头头是道。这期间经历的困苦和辛酸，陈丽说起来总是轻描淡写。

毕业的时候，因为在学校毫无建树，我的毕业履历看起来苍白无力。陈丽鼓励我再怎样也要画上浓墨重彩的一笔。陈丽用她那三寸不烂之舌说动了某某妇产科医院，给了我一场个人小提琴独奏会的赞助。我有些不乐意——谁愿意挂名一家妇产科医院啊？想一想就觉得丢人。陈丽看着我，只说了一句话："尊严都是自己挣的，那种被别人一议论就被踩到脚底的自尊不值钱。"

那场看起来有些滑稽可笑的小提琴独奏会为我的大学生涯画上了圆满的句号，掌声响起来的时候，我看向观众席的陈丽。她捧着一束鲜花，笑容真诚而欣慰，好像是我替她完成了什么一样。

我忽然想起我们年少时的那张合影，还是在大院子里，并肩站在葡萄架下，穿着新发的校服蓝裙子，一个笑着，一个皱着眉。照片因为有些曝光过度而显得天光格外亮，格外明媚。

我这样望着陈丽，突然想流泪。那是亲爱的丽丽姑娘。

家有问题孩

文/清　歌

　　我表弟刘洋的存在，让我对于那些额头天生一团浓云的硬脑壳孩子保有着一份乐观。

　　每个家族都有个问题小孩，刘洋就是我们家的心病。他跟我最谈得来，因为他从小到大那些事，比如早恋、离家出走，我都不以为意。天才的缺陷就如金子外的沙子，哪怕是一片荒芜或脆弱，因为有那天赋异禀的存在，他依然光彩夺目。

　　刘洋的天赋在于高超的记忆力、非凡的创意和不俗的音乐才华。谁也不怀疑他长大会有出息，前提是，他先得顺顺利利地长大。我不知道他算不算艺术家，但艺术家的毛病他一样不少。吊儿郎当，忽冷忽热，异想天开，愤世嫉俗。让全家松一口气的是，熬到高中毕业，他终于磕磕绊绊考上了艺术学院，临走前撂下豪言壮语，绝不会耽误四年云云。

　　一年后，他就出了岔子。忽然咆哮、抑郁、酗酒得不成人形，中途休了学。连续几个月的恢复期，他闭门不出，谢绝探望。他爸妈要我去开导他，可我也没什么话好讲，就天天陪他打游戏。慢慢从他深度的自闭中探询，终于挖出一个名字，一个女孩的名字。

　　呵呵，早该想到呀。也不用提那些一见钟情的开始，轰轰烈烈的过程，黯然神伤的收尾，只知道一直到刘洋离校，他俩的恋爱故事还在江湖上风传。其他呢？其他不知道了，刘洋自己缄口不言的事谁也问不出来，眼下最关键的事是前途。

他自己似乎不急，还是每天埋在游戏里。游戏大概是爱情之后，最能吸引男生的伟大发明。看刘洋玩游戏绝对是享受，他打各种在我看来神秘莫测的英文游戏，任何最新的软件都敢往机子里装，十根手指弹钢琴一样在键盘上翻飞，那个冲锋闯关的姿势真是潇洒！然后，他开始给各种游戏写攻略和制作英文汉化包，打下各种武器跟人在网上交易。这一条宅男之路，真是适合他。

在家玩了半年游戏后，他居然被金山公司招去做技术开发。全家都为这个玩也能玩出一条路的浪子高兴，但一波三折，不过半年，他又提着行李袋回家了，只甩给心肝操碎的父母一句话："那里不适合我，那些人不理解我。"还是那么冷冷的、不屑的表情。

大家默然了几天，开始给他找工作，也没什么好工作给他，就是家附近的一个奶茶店。他倒也配合，天天骑着一辆小电驴去送外卖，一月下来差不多快三千。他把一沓红票子扔给他妈，说一句：差不多够我三个月的伙食费了，这三个月别打扰我。

这下，没人再去管他了，就是这么个死犟的孩子，你能拿他怎么办呢？他看不起大众，大众也不接纳他。到底有没有一条路呢？谁也不敢去问他，问他，他就会翻白眼说，天生我才必有用。什么才？打游戏的才？一宅半个月的才？

但他又宅出了名堂，在外面闯荡的几个月没白费，到底是开阔了眼界，了解了市场。他本就是聪明孩子，那个天才的大脑，也许从来都没有停止过摸索。他存了一些钱，又借了一些钱，租下一套单元公寓，又招罗了一批能人，以他天马行空的创意，自己成立软件开发公司，说要开发新游戏。

这个举措太大胆，我去玩过几次，里面分成三个办公室，技术、美工、后勤各一间，他自己负责创意与开发，其余人负责美术与制作。他介绍我玩开发出的小游戏，就是时下最热门的手机小游戏，他一反常态，全情投入，准备成熟了卖给大公司。

看着他挽着高高的袖子，水池里填满方便饭盒，进进出出的人都是一脑门儿的汗，我仿佛看到一支新军正在崛起。能不能成功，谁也说不清，但看着刘洋接电话跟人谈事时那一身的劲，我不怀疑他找到了自己的路。谁说必须改变呢，如果认准了方向，了解自己的能力，一鼓作气地做下去，谁能说，这个世界不会被他垦出一条新路呢？也许就是那句话说的，未必会改变生活，但努力不被生活改变。

想到《中国合伙人》的结尾，身价亿万的成冬青搬着凳子，一盏一盏地灭掉电灯。他不是为了理想，他就是为了省钱，他从来没有变过。

黑马是怎么炼成的

文／萨如拉

有基础

认识卓玛是在我周日的成教院课堂上。坐在一群已经上班的成年学生中，卓玛显得很特别。她是来自西南边陲的藏族女孩。课间我去找她聊天，才知道原来卓玛是藏学院的学生，因为一直没有选上我的课就追到周日的成教院课堂上来了。

每个周日的早上，卓玛总是来得最早的一个，安静地坐在后面的座位上，她听课很认真。上了一段时间的课后我问卓玛："你周末都做什么啊？"卓玛说，她在每个周末的晚上组织全校喜欢藏族舞蹈的学生们一起跳舞，就是跳围成一大圈的锅庄舞。

我很意外，这个外表柔弱的小个子女生原来是个大型文娱活动的组织者。

又过了一周，聊天时我问她："你怎么不写写你们的锅庄舞会呢？怎么不去发表文章，介绍一下你们是怎么想的、怎么做的？这多有意思啊！"

过了两个星期，在我的一再追问下，卓玛的文章终于发表了！原来卓玛为了写这篇有关锅庄舞的文章特意去了北图查资料，改了好几遍，终于发表在校报上。这是她发表的第一篇文章呢。

有了进步后，我鼓励她走出校园，去接触社会去实践。最后卓玛找到了一家出版社，在那里实习和兼职，一直做到毕业的时候。

卓玛大四的时候，有北京部队来学校选拔会藏语的学生，院里老师一致推荐了卓玛。后来这个学习好、有工作经验和实习经历的藏族女生被顺利地录取了，成为藏学院里唯一留在北京工作的人。

一匹黑马就这样出现了，带着她耀眼的光芒，一路奔驰而来还要一路呼啸而去，奔向远方。

其实黑马要有能做黑马的一些基础，如果卓玛没有一直义务地为大家服务，即使她知道写文章很重要，那她去写什么呢？去实习和兼职，她一下就适应了工作，好的工作态度、与人和谐相处的方法不是她在平日里积累的吗？不管春夏秋冬的每个周末晚上，别人在欢舞后散去，收拾场地、搬运器材的就是卓玛和那几个伙伴啊。那份辛苦、坚持和执着，只有他们自己心里才明白。

有勇气

做黑马还要有足够的勇气！

小于是山东烟台某军队院校的本科生，她非常好奇北京的大学生是怎么学习和生活的，也眼睁睁看着2008年北京奥运会志愿者招募与远在山东烟台的她失之交臂，所以她一直羡慕北京的大学生有近水楼台的优势。

大三，这个女生带着对未来的迷茫，不顾家人的反对，平生第一次闯到北京来了。2010年1月，我在家里见到了这位慕名而来的"粉丝"。我问她："你的职业规划是什么，你将来想做什么呢？"小于说，现在还不太明确。我说："那就离开烟台，考研考到北京来吧，你就考我们中央民族大学。"

经过一番准备，小于5月1日带着七八个大包裹再次跑北京来了。

几经周折，小于在学校里找到了住的地方，开始了她的考研复习。

2011 年 3 月 4 日，是小于的生日，也是研究生考试出成绩的那天。在我的家里，当看到总分 358 分的时候，小于一下子就抱住了我，眼泪夺眶而出，她喊道："老师，我考上啦！我考上啦！"

小于成为他们学校最黑的一匹黑马。

我现在经常想起小于第一次来北京时，推开我家门，她是那么忐忑不安；她一时找不到住处，在我面前差点哭出来的一脸委屈；记得她快要考试了，结果租住的地方居然停电了，她团团转的那份焦急……如果小于不是一个充满勇气的女孩子，那她肯定都不敢走出烟台一步吧。

挨得住

其实做黑马的人，在他还不是一匹黑马的时候，可能就是不断面对挫折、不停被质疑，会有没完没了的艰难困苦。但是只要有正确的方法、坚定的信念和毅力，一条道儿走到黑，你就走出去了。

小黄在河北的一所大学里读传媒专业，2011 年的冬天我去保定的几所大学做讲座，小黄一直在旁边帮忙。离开保定的那天，小黄送我去车站，路上他感慨地说："老师啊，从保定到北京的 100 多趟火车车次我都可以背下来呢，我坐过不止一遍啊！"

原来，小黄为了能最终在北京发展自己的事业，从大一开始他每个周末都坐着火车到北京打工。小黄说，他从宿舍出发的时候，同学们都还在香甜地睡觉。

小黄最开始是站在马路上给一家教育机构散发传单。他每天面带笑容地站在北京的大街上，认真为每个咨询问题的人解答。有一次，他的老板就躲在大树后面看了他一下午。老板觉得小黄工作很敬业，后来安排他在办公室里做电话销售。

有一天，小黄看到人民日报社招聘实习生，他就跑去了。小黄最初的实习是很枯燥的，每天的工作就是送报纸。这么干了一个月，从开始有北大、清华研究生在内的30多名实习生到就剩下小黄和另外两个人。随后，主任就让小黄改稿子，其实就是挑错别字。几十万字的稿子，小黄不吃不喝，几天就改完了。

　　小黄说，他就用到了我的一条职业语录："从装模作样做起，做到像模像样，直到有模有样。"2013年年初，经过严格筛选，小黄得到了进入一家大部委工作的机会。在他之前，小黄所在学校的学生是绝对不敢想象的。

　　黑马就是这样一群人，他们有成为黑马的基础，他们踏踏实实地积累自己发展事业的资本，他们有强大的勇气，他们敢于挑战自己，他们有好的工作方法，还能够坚持到底。慢慢地，他们就从一开始的默默无闻变得闪闪发光起来了。

　　所以，你不要再感叹黑马创造的传说了。黑马原本其实就是普普通通的你我，只是他们比你更努力地去做事情，更勇敢、聪明，并且更坚持。

　　沉睡的黑马们，你们什么时候行动起来呢？

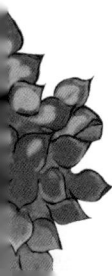

90后清洁工的画家梦

文／川　雨

　　90后女孩邓轩因为父亲早逝，初中毕业后就被迫辍学，打工替母亲还债。因为羡慕学校里的生活，她到一家艺术学校当清洁工。当"重返校园"后，她开始试着用拿扫帚的手握画笔自学画画，还成了学校里的"编外学生"。让大家更没有料到的是，就是这样一名普通的清洁工，4年后竟然奇迹般地考进了清华大学……

初中辍学生乐当清洁工

　　1990年，邓轩出生在四川省广安市的一个小村庄。两岁那年，父亲因病去世，家里因为父亲看病欠下了13万元债务，这让原本贫寒的家庭雪上加霜。

　　坎坷的童年让邓轩变得特别懂事，学习成绩也一直名列前茅。然而，命运却没有眷顾她，就在她初中毕业时，家里再无力供她升学。

　　2007年7月，邓轩踏上了打工之路。临别时，邓轩告诉母亲，自己一定会靠勤劳的双手赚钱还债，让母亲不再辛苦。

　　初到重庆，邓轩在沙坪坝区的一家路边小吃摊打杂。因为小吃摊在南方艺术学校旁边，每当学生们上学和放学时，小吃摊就开始热闹起来。

这些背着画板谈笑风生的学生大多和邓轩年龄相仿，也很懂礼貌，这让邓轩有种莫名的亲切感。邓轩很是羡慕这些学生，她也渴望自己有一天能背上书包、画板坐在明亮的教室里，享受求知的快乐。

11 月的一天下午，邓轩正在洗碗，听到两名吃饭的老师聊天，称学校最近招一名清洁工。邓轩当时急切地想重返校园，于是她大胆地去学校面试清洁工岗位，并顺利通过。

在学校里当清洁工并不比在路边摊工作轻松。学校给邓轩的待遇是包吃包住，每个月 900 元工资。懂事的邓轩每个月寄 500 元回家，怕母亲一个人在家孤单，她每隔两个月回家一次。因此，她为自己留下的 400 元除去往返重庆与广安的车费后也就所剩无几了。

尽管生活过得很艰辛，但邓轩觉得这正是自己想要的生活，有时候，看着校园里来来往往的学生，她也会幻想着自己和他们一样，能够无忧无虑地坐在教室里汲取知识。

"不务正业"感动校长

每天，邓轩拿着扫帚低头打扫卫生时，也正是学生们在教室里画画的时候。邓轩总会有意无意地聆听老师讲课的声音，情不自禁地躲在教室外面听讲。等到下课时，她看到满地被扔掉的画纸，有些上面只涂了几笔，觉得很可惜，便将这些画纸捡起来，压平，收到自己的宿舍里。

每天邓轩都会捡到许多画纸和绘画工具。每当她晚上独自待在寝室里时，就会拿出捡来的纸和笔，开始学画。静谧的夜晚，邓轩常常会想起在四川老家的母亲，于是她用画笔轻轻地勾画着记忆中母亲的脸。遇到棘手的专业问题时，她便靠回想"偷听"到的那些要领，自己解决。就这样，邓轩竟然没用多长时间就将母亲的形象画得栩栩如生。每次完成一幅作品，邓轩心里都有种无以言表的喜悦和满足感。但她又有些怀疑自己，为了检验自己的学习成果，邓轩决定将一幅自认为还不错的作品拿给学生评价。

"同学，我昨天在你们教室捡到一幅画，明明画完了怎么还扔了呢……"邓轩心里没底，不好意思表明自己就是作品的主人。

"这种画扔了也很正常啊，这颜色都不协调……"那位学生接连指出几条不足后便转身离开了。这个结果无疑给刚刚有点成就感的邓轩浇了一盆冷水，但也让她明白了自己的不足之处，更加激发了斗志。

每天下班后，她就钻进寝室里，将当天旁听来的知识在画纸上实践，常常要画到深夜才肯罢手。每逢周末她还跑到校园外去写生，沉浸在大自然中，邓轩有种前所未有的充实感。

清洁工蹭课的事情在校园里慢慢传开，邓轩的执着感动了很多老师，有些老师甚至让她进教室听课。

2008年9月的一天，校长突然告诉她：学校已批准她成为"编外学生"，特许她每天在做完清洁工作后，可以到学校的任何一间教室去听课！原来，校长已经看过邓轩的作品，对她的绘画水平感到惊讶的同时，也被这个女孩的好学精神所感动，特意给她提供了这个机会。

握扫帚的手创造青春奇迹

由于学画需要一大笔材料费，邓轩决定除了当好清洁工外，还要想方设法挣钱。为了赚钱，她把目光瞄向了垃圾桶……每有空闲，邓轩就到垃圾桶里"寻宝"：饮料瓶、废纸张。邓轩明白，这些别人眼中的废物却是自己圆梦的宝物。

工作、学习、"捞外快"，这是邓轩每天的生活内容，她累并快乐着。

在坚持不懈的努力下，邓轩的绘画水平有了质的提升，她的作品得到了越来越多老师的好评。

有了老师们的鼓励，邓轩画起画来更疯狂了，到后来她甚至规定自己每天只睡5个小时，其他时间除了工作就是画画。她的刻苦和才气，

同样赢得了学生们的尊敬，她和很多同龄人成了朋友，经常一起交流绘画心得。

这年12月，艺术生专业课考试如期而至，邓轩虽然心里没底，但还是抱着试一试的心理报了名。令人震惊的是，只有初中文化、没有受过正规专业课训练的她，竟然顺利通过了四川美术学院的专业课考试！

为了备战接下来的文化课，拼命学习，可是，由于完全没有接受过高中教育，最终的结果十分残酷：她只考了100多分。

虽然被大学无情地拒在了门外，但这次参考经历却给了邓轩极大的信心。她安慰自己：我能学好专业课，也一定能学好文化课！

为了克服文化课这一瓶颈，邓轩开始恶补高中课程。一位老师被她的拼搏精神所感动，决定挤出时间，帮她复习。有了这位老师的帮助，邓轩学习起来就顺利多了。

邓轩的目标是参加下一年的高考。这就意味着，除了专业课的学习外，她还要在一年的时间内把高中三年的课程全部学完！

为了实现自己的目标，她每天天没亮就起床看书；看几个小时后，她抱着扫把开始"上班"；忙活两个多小时后，学校上早课的铃声响起，她又拿起书急匆匆地跑进教室；中午匆匆扒几口饭，又开始打扫卫生，接着又去上课、上自习，常常忙到凌晨两点才睡觉。一天下来，她常常累得直不起腰来。

2012年2月，全国高等院校美术专业考试拉开了帷幕，邓轩在一群接受过多年专业学习的考生中脱颖而出，以556分的高分成功通过清华大学美术学院的专业课考试。之后她又轻松通过文化课考试，顺利地挺进清华大学！

梦想催化行动，行动成就梦想。正是因为有梦想，小小清洁工的她才不甘于现状，努力奋斗，以手中的扫帚为笔，画出了她人生道路上的最美图画！

伟大的安妮：成长是一种溶剂

文／柴彦超

2011 年 4 月 25 日，偶有练笔却只有"三分钟热度"的广东外语外贸大学大一女生陈安妮决定画日记绘，当时她没想过两年后的自己竟会如此红：近百万微博粉丝簇拥，新书畅销，到哪个书店签售都人气爆棚……正是当时那个简笔勾勒的可爱 ANNY 形象的出现，为她的人生提供了另一种可能。

枪一响，拼了命往前冲就好了

安妮喜欢舞文弄墨多少受到父亲的影响。父亲在古诗方面很有研究，写一手漂亮的毛笔字，但她从小更爱的却是漫画。从小学二年级接触黑板开始，画画的欲望便逐渐泛滥，直至决堤。下课在画画，上课也在画画，所以课本上李白、康熙之类的大人物皆惨遭其毒手。

在父母眼里，漫画似乎是学习之外的异端，并不支持。因痴迷于此，安妮便一直用零花钱偷买漫画书、动漫杂志，自己一个人钻研，"当时 500 多元的数位板，爸妈不愿意给我买，也是我自己偷偷攒钱买的。"至今安妮也没有接受过正式的漫画训练。高考后安妮便在父母的指导下胡乱报了完全不知道是什么的国际贸易专业，好在她顺利地来到了广东外语外贸大学，也正是在自由的大学，安妮开始"伟大"起来。

如果说吐槽食堂饭菜难吃、选课困难、男女比例失调等校园生活的《2在广外》系列让安妮初尝被人关注的滋味，"如何在大便的时候防止屁屁被污水溅到"、"咳咳，科普姨妈小常识"、"不是因为你不重要"、"世界上最爱我的那个男人"等"文艺与节操齐飞，重口味共温馨一色"的《安妮的唠嗑馆》则预示着安妮在通往"伟大"的路上将越走越远。

2011 年 12 月 27 日，安妮决定给她那只"猥琐系治愈小清新的东西"起名，霸气的"妮玛"便横空出世。如今，集精华之所在的《妮玛！这就是大学》的出版及热销，让安妮变得更加忙碌、更加"伟大"。《妮玛和王小明》也正在赶稿准备出版的途中，想来爱情的魔力会让更多的人喜欢上"妮玛"这个不止有一点二的姑娘。

上帝不会垂青没准备的人。安妮高中有记日记的习惯，这为她重新梳理泛黄的记忆、形象描绘每一个生动的细节提供了可能；她也一直有着良好的阅读习惯，被编辑催着交稿的她仍会忙中偷闲，不忘阅读；她也不吝于自嘲，笑说自己的肥胖、拖延症，等等；她有小女生固有的柔情，也有"汉纸"的重口味；更重要的或许是她的观察能力和表达欲望，司空见惯的校园琐事，她画笔一勾勒，让人爱恨交加的生活便跃然纸上……

当然，前进的路上也并非没有任何波澜。曾有人在微博里说安妮"画得幼稚无聊，都是些小孩子把戏"，安妮只是哈哈笑着转发，"大家一起努力吧，我只想往我的梦想再靠近一些。"她这样评价自己的漫画，"我画的确实很丑，也没技术含量，画得比我好的大有人在，我是靠故事支撑人物，靠故事取胜。"

她曾在微博中这样写道："我初中练短跑，老师说：'你跑得快，但总不是最快。知道为什么吗？因为你跑着跑着就要转过头看旁边的人跑得有多快，既分散了精力，又浪费了时间，反而慢了。'我们从小就爱比较，左顾右盼、嫉妒恼火，反而让自己更糟糕了。他说得对：'你要做的，是只盯着属于自己的跑道，枪一响，拼了命往前冲就好了。'"

被要求用一句话描述她对成长的认识，她说，"这个很难的吧"，而忘了自己曾在书中给了最好的回答："成长是一种溶剂，它常常伴随着无聊、迷茫、难过、自卑这些令人讨厌的溶质，我们却常忘了，这些溶质，也在对我们生活的密度起作用。这些都是成长的代价。"

比起翱翔，更愿意被温柔捆绑

4年前安妮看到一本讲述作者真实爱情小段子的书，好生羡慕，便说给男朋友王小明听。小明说："这些没什么啊，我觉得我们的故事写出来更好玩呢。"安妮说："有人看才怪咧！"那时的她打死也没想到，4年后他们的故事也在被不少人喜欢着，期待着。

爱吐槽的安妮从2012年9月在@妮玛和王小明的小号上更新他们那个平凡却不失温馨的爱情故事以来，额外累积了33万粉丝。

安妮和王小明是高中同班同学，并且是前后桌。王小明的幽默帅气被安妮盯上了，安妮私下里花痴却从不敢表白，她不知道王小明其实很早就喜欢上了直率可爱的自己。直到有一天王小明对安妮说："我不喜欢你老是跟别的男生玩儿。""没有其他任何表白，两个笨蛋凑到了一起。"

高考之后，两人分隔两地，经受异地恋的折磨摧残。大一的时候，安妮忙于社团工作，忽略了王小明的感受，两人吵了一架，王小明第一次挂了安妮的电话，然后再没主动找过她。好在大学一年级结束的那天，王小明"翻山越岭"地来到安妮面前，安妮"狠狠地，用一整年的力气，大哭起来"。

安妮还曾和5个志同道合的朋友成立一个名为m方的工作室（现已更名为绘城印象）。"一个me，再加上一个me，就足以产生m的平方那么大的奇迹。联合每一个me，实现每一个梦想与奇迹，用创意的产品来实现可持续的公益。"工作室的第一个项目就是出售《2在广外》系列明信片，收益的一部分捐给了她在下乡时教过的那些孩子，用来给他们买辅导书；一部分拿出来买了20件棉衣，送给了路边的流浪老人。4月21日，知道雅安地震后，安妮把当天在深圳签售的收入全部捐了出去。

安妮在"妮玛"火了以后，自己开了一间名为"妮玛节操屋"的淘宝店，把可爱的妮玛和王小明印在T恤上出售，获取一定收益的同时，满足粉丝多样化的需求。谈及她的粉丝时，她说："我的粉丝主要是中学生，他们给我更多的是感动，比如上次签售，有一个粉丝从上午十一点等到下午四点，看到他们就像看到曾经的自己。"

对于此刻的安妮，她说最缺少的是时间，除了画画，还要忙很多其他工作。她以前想成为一个很有钱的人，现在也是。她认为最完美的快乐就是有很多钱，然后可以想买什么就买什么不用心疼，可以随心所欲地吃。她最不满意自己的地方是太胖了，最痛恨自己的特点是爱吃，最伤痛的事是吃太多，最后悔的事是大一时不该吃那么多，最喜欢人身上的品质是善良。她觉得自己最伟大的成就在画画上。

但是，安妮也说："不是所有的风筝都想成为了不起的鸟，也不是所有的风筝都眷恋远方。如果有一个人愿意永远紧牵着线不放，比起翱翔，我更愿意被温柔捆绑。"如果非要在绘画和爱情之间抉择，想必她会选择王小明吧。

不一样

文／琉 玄

一

从幼儿园就开始了吧，明明是最简单的舞步，我却总是跟不上大家的步调，成为最扎眼的那一个。老师把我叫出来，又叫两个表现得最好的小朋友为我单独训练，最后放弃地叫我待在一边看着就好。

"你是故意的吗？为什么就是和别人不一样？"老师烦躁地说。

二

为什么别人做起来就像随手抹去桌上的水珠呢？不觉得数学是外星人用来交流的电波密码，也不会因为400米的长跑就感到自己的小腹里有怪兽在上蹿下跳。

无论是最好的朋友，还是身边的表弟——别的人，活得那么轻松自如。他们跑得快、跳得高，试卷上的红色数字永远不会低于80，和每个人都能打成一片，见到老师能爽朗地打个招呼，和大人们说话时那样的侃侃而谈。

我走路慢吞吞，上体育课时要不断用手指推眼镜，每一次考试结束后祈祷至少要越过及格线，在班上只有一个好朋友，远远见到老师，总会假装没看见绕路逃开，和大人们不会流利地说话，露出一张让人生厌的勉强笑脸。

我总是追不上世界、时间、大家的脚步，他们跑得太远。就算我拼尽全力喊"等等我"也不会被听见，最后他们看不见了，我也跑不动了，身后的阴影就慢慢地蔓延过我，吞没一切。

三

也逞强过。

新学期开始，我时刻提醒自己要昂首挺胸，脸上保持像是优等生那样的自信微笑，然后站上讲台毛遂自荐：我想要做班长。然后我当选了。

一定从这一刻开始就会转变了吧？像我这样的人，只要努力，也可以成为别人。

我把脖子尽可能地伸长，像只骄傲的小地鼠。去认识班上最受欢迎的同学，配合他们的议论和笑话，在面对不同的人时露出不同的表情，虽然很累。我身上一定有像他们一样闪闪发光了吧？但最后还是搞砸了，我是历史上任期最短的班长。

总是失败。

就像我因为身高被校篮球队挑上，最后以在赛场上一分未进的赛果被踢出队；就像我因为手脚长入选校舞蹈队，因为身体僵硬做不到最简单的一字马，第二天就哭着逃跑；就像我被班主任推荐去合唱团，结果因为试音时的嗓音不够嘹亮被人家摇头摆手。

总是失败，仔细回想，都是我的错。

这一切，如果是别人，都做得那么好。他们轻松地上篮得分，他们起舞，他们优雅地对每一个人颔首微笑。

因为他们坚持，他们练习，他们受苦，他们审视自己。我没有，我什么也没做，用一句"因为我很笨"逃避了所有，然后抱怨不公，继续与失败纠缠。

四

和别人不一样。如果注定不一样，我也想要去坚持。

学不好数学，没有下课后能围成一圈的朋友，但我喜欢写故事、画画，实在是太喜欢了，比世上的一切都要喜欢。即使被大人说：这是无用的东西，即使周末闷在家里写一些异想天开无人阅的小说，即使被大人问：你怎么不出去玩？

——你怎么不复习？

——你怎么不去多认识一些朋友？

——你怎么这么闷，你会不会讲话？

——你怎么跟别人家的孩子不一样？

即使听到他们不断地叹气。

我只想做好我这一生中，可能仅此一两件能做好的事情。

他们看不见，可我能。在吞没我的黑色暗潮里，只有我所坚持的"不一样"，还在目力所及的远方发出温柔的光芒，那么微弱地摇曳，照亮了沉在海底的我。

即使有时我会感到孤独和窒息，但我幻想着握住那光芒的一天，一定能温暖我。

当我真的触及它，比我想象中要烫，滚热炽烈，像是生机蓬勃的星球。

我捧着它，给大家看。我大声笑，不一样就不一样，但我也可以像大家一样，像你们一样闪闪发光，像是一个真正活着的，站在阳光下的人。

虽然他们依旧不看我，但我已经不会再哭了。

因为我终于懂得，其实在这世上，没什么大不了的事。

只要我快乐，即使我是白色丛林里的一颗红色蘑菇，那又有什么大不了？

五

你应该去读重点高中，考不上也没关系，我们会想办法。接着你就在本地读个大学，你想学什么？好吧，就算你想去学美术那都无所谓，只要拿到了本科文凭，我们会托熟人帮忙，给你找一份轻松的工作，然后你就可以结婚了。房子的首付我们来出，你只管月供。趁着年轻赶紧生个孩子，我们给你带，大点了就送幼儿园，什么？你有什么不满，这有什么？大家都是这么过来的。

没能像一个陀螺按照轨迹旋转上路，真不好意思，但我不会道歉。想要做的事情还有很多呢，我现在就要上路了，骑着我的狮子，牵着我的月亮，前面的风景是目不暇接的城堡和海洋。

我不想结婚，我想谈一辈子的恋爱。

啊，我又不小心说了这种会被你们当作"不可理喻星人"看待的台词了，奇怪的是，你们的眼神已经不会再叫我难过，或许我是真的长大了，或是更坚强了，或许我已经爱上了我自己。

因为——

你和别人不一样，所以——

我喜欢你。

在遇到对我这样说话的人之前，我得喜欢我自己。

BJ 单身日记

文/岑 桑

2008 年：与美国农民的那点事

2008 年，丁小春光荣地在代号"BJ"的巨型城市里，拿到了一张美资公司的 offer。丁小春一年支教、一年半义工的背景，为她在美国 Boss 的眼里加了分。当然，更幸运的是，HR 竟是她多年前的学姐。

学姐说："小春，选你进来有点破格，你要珍惜。第一，不要学别人轻易跳槽，毁我的留人率；第二，不要和公司的人员谈恋爱，你懂的。"

后来，学姐还交代过第三四条，可丁小春始终记得的，还是学姐的首训。

是缤纷热闹的 12 月，丁小春接到了人生里的第一束玫瑰。附带的卡片里，只写了一句"U R My Everything"，看那一手破字，就知道出自巴特·辛普森。

辛普森是总部派来的技术员，工作之余，和丁小春有点私交。辛普森是美国农民的儿子，他常说自己要不是来中国，现在可能就和三个哥哥、两个妹妹一起种田了。

丁小春犹豫了一个下午，决定找辛普森谈一谈。在公司的水吧里，丁小春直言："对不起，我刚入职，目前还不想谈恋爱。"

辛普森耸了耸肩，无奈地说："好吧，你真是个特别的女孩。"

"特别"，丁小春想了好久。她真的浑身散发连自己都从未察觉的气场吗？不过时间久了，她也就渐渐懂了。她的特别在于，她是公司里少有的几个拒绝辛普森这位美国农民的女同事。

后来，辛普森于2009年6月回国。他们成了很不错的朋友。

2009年：唯钱，才是真实存在

2009年，丁小春在办公室里渐渐站稳了脚跟，她很想去市场部或是销售部去闯一闯。可惜公司等级制度森严，即便有学姐这样的内应，也越不过资历评分这条鸿沟。

不过这一年，丁小春结识了一个要好的朋友——董佩。董佩是上海人，和丁小春一个办公室。

董佩常常教导她做人与爱情的道理。她说："男人有了事业就会有爱情，但女人不一样，要么奔事业，要么奔嫁人，两样不可兼得。"

董佩当然选择了后者，只是三个月后，谈了六年之久的优质男友出轨了。董佩跑到丁小春的家里，边哭边骂了整整一个周末。丁小春看着她的惨烈，默默下了投奔事业的心。

至此，丁小春完成了彷徨女生到独立女人的完全转变。后来她听到范爷那句"我就是豪门"的名言，深有感触，深表赞同。

2010年：给我讲个笑话

2010年，丁小春在BJ有了一群狐朋狗友，都是北漂，在某某比较文艺的论坛里混着。

线下，大家也是常聚的，大多是小有情调、好看不贵的小店。

是 3 月的某一个晚上，一个叫杨月明的男人在聚会之后，自告奋勇送丁小春回家，意图之明显，令所有人自觉回避。

杨月明产自佳木斯，改造后的普通话里仍掺着一点小品腔。他说："小春儿，给个机会呗？"

丁小春直接亮了底牌，"我一个月税后 5400，花掉 5350。你挺得住吗？"

杨月明眨了眨无辜的眼睛说："不答应就算了，不带你这样打击人的啊。"杨月明完败。

同年 7 月，丁小春终于在学姐指点下，跳转进了市场部。入职的前一天，丁小春请学姐吃饭。清淡又贵的日本菜，是学姐新近最爱。丁小春说："谢谢你，帮我这么大的忙。"

学姐却微微笑了笑说："我再不帮你，就帮不上了。"

丁小春这才知道，这一顿庆功亦是场送行。学姐拿出一张体检报告，上面有一项"糖代谢异常"。

学姐说："都是累出来的。我送你进市场部，真不知道是帮了你，还是害了你。"

那天晚上，丁小春回到合租的公寓。她说不出心里有什么堵着，总之有一点暗暗的难过。后来，她给杨月明打电话，她说："月明，给我讲个笑话。"

杨月明迷迷糊糊地说："凌晨一点啊，姐姐，你是怕我尿床吧。"丁小春听着，没心没肺地笑了。

2011 年：繁忙而孤独的怪圈

2011 年，丁小春开始上位了，做人做事都有了些女强人的味道。

她剪了短发，终日着洋装，买贵而老气的欧洲牌子，然后自欺欺人地说，这就是经典。

只有工作累到失眠的时候，会在半夜三更致电杨月明。

初夏时节，董佩做了新娘。她挽着那位出轨再出轨的先生，一脸幸福状。丁小春问她："你不担心他将来……"

董佩说："唉，换一个也未必比他强。"丁小春轻轻抱了抱她，心里说不上是该替她喜悦，还是悲凉。

6个月后，市场部爆出了新闻，上司反骨，带走了一大串得力助手。对丁小春来说，这是个难得的机会，在无人挑大梁的时候，她扮演了救世主的角色。

那一年的年尾，丁小春受邀参加了高层酒会。她穿着租来的礼服，握着香槟，一直站在会场的边缘。

没人和她打招呼，甚至没几个人认识她，但她仍然感觉到，自己新的一页，将要翻开了。

2012年：你这个贱人

2012年，丁小春升职了，搬到独住的公寓，贷款买了辆车。但她并没有感到特别快乐。这一年她28岁，爱情变得遥不可及。她也悄悄地参加过相亲大会等流行项目，但她很快就发觉，原来男人所谓顶天立地，是要女人扮弱来配合的。

杨月明说："知道不？男人喜欢女人用崇拜的目光看着我们。你那两只炯炯有神的眼睛，跟超人的激光武器差不多，扫过一圈，撂倒一片，谁敢娶啊！"

"你啊。"

"那是以前。"

是的，那是以前。现在的丁小春，只剩下杨月明这一个谈得来的朋友。而且，也只是朋友。

这一年的12月，丁小春在国贸意外地遇见一位旧友，巴特·辛普森。他带着妻子儿女来中国旅游。他妻子长得万分朴实，大儿子10岁了。丁小春不用算也知道，辛普森送她花的那年，已是有妇之夫。她一边摸着小辛普森的头，一边笑嘻嘻地对大辛普森用中文说："你这个贱人。"

辛普森哈哈地笑了。

2013年：无人分享

2013年，丁小春还是一个人。她不刻意追求恋爱了，只是想过好眼前的生活。她在家里种了许多植物，每天早晨做瑜伽，并且每周至少一天给自己做顿美食。她还写了一条座右铭贴在冰箱上——爱生活，爱运动，爱自己，不吃糖。

春节期间，杨月明在老家相到可心的女友，他办了离职手续，准备结束北漂生涯。丁小春去机场送他。直到临入闸之前，杨月明说："小春儿，没事写写微博。"

"写那个干什么？"

杨月明说："我走了，以后没人半夜听你说话了。你写个博吧，我还能给你捧个场。"

是啊，一个人过，真没什么大不了。只是不论成功，不论失败，不论悲伤，不论喜悦，不论荣耀，不论低潮……都无人分享。

那天丁小春从机场出来，在偌大的停车场里，忽然找不到自己的车子了。她一个人看着密密麻麻、连成一片的车顶，莫名地，潸然泪下。

燕子经过春天时

文／金箍棒

你别来麻烦我

燕子的全名叫张燕，性别男，肤白瘦高，戴一副眼镜，有几分像变为超人之前的男记者，已经28岁了还没有女朋友。春天私下认为，他是被自己的名字毁掉了。

因为没有女朋友，燕子把全部精力都用在了工作上，对加班从无怨言，甚至欢呼雀跃于老板在下班前最后一分钟召集的会议。春天刚来这家公司时，燕子对她说，你陪我加班吧，反正你也没有男朋友。春天觉得这人好奇怪，我是没有男朋友，但我有生活啊。

似乎天下老板都喜欢爱加班的员工，尤其新员工。春天与燕子差不多的时间来公司，燕子很快便得到了上司王大智的赏识，春天却养在深闺无人知。春天是一个效率主义者，上班干活下班回家，干该干的活，多一点少一点都令她不爽。

同事妖妖要去相亲，离下班只有一个小时，王大智忽然跳出来，说："妖妖，你那个商业计划书什么时候交？明天我出差，你今天必须发我邮箱。"王大智刚一转身，妖妖就冲春天做了一个鬼脸。

春天想躲已经来不及了，只好回了她一个同情的微笑。妖妖立刻凑过来，说："春天，那个计划书我已经做了一大半，就差收尾了，你帮我搞一下，明天我请你吃'祖母的厨房'。""不行，已经快下班了。"

春天说。在春天的人生观里，有一种刻骨铭心的东西叫作"我不麻烦你，你也别来麻烦我"。

这事后来被张燕揭榜了，下班后，妖妖大声宣布："如果燕子将来竞选老总，我一定投赞成票。"说完，她瞟了一眼正在收拾东西准备下班的春天，扭着身子出了办公室。

第二天，张燕向春天抱怨，妖妖那份计划书根本没有如她自己所说，写了一大半，而是还剩一大半，害他加班到晚上 11 点。

"那也没办法，谁叫你爱吃'祖母的厨房'。"春天淡淡地说。

最大的尊重

春季商品交易会马上要开始了，动员会上，王大智说，从今天起，大家都要做好加班的准备。轮到员工发言，妖妖说，我已经把我妈接来给我做饭，坚决打好这场战役。燕子说，反正我加班上瘾。只有春天发出了不同的声音："如果在上班时间能完成任务，也需要加班吗？"王大智说，那说明你的任务量不饱和。春天若有所思地点点头，原来加班的人可以比不加班的人干更少的活，难怪有人那么喜欢加班。

"反正做不完，不如慢慢做。"燕子劝慰的话，在春天听来却有几分像讽刺。晚上躺在床上，春天将第二天的工作认真思考了一番，像下棋一样，将每一项移来改去，觉得有把握在 8 小时内完成全部的工作，她才安心地睡去。

第二天，春天上厕所都在打工作电话，终于在下班铃声响起之前，完成了当天的工作。当她带着挑战极限的快感冲出办公室，差点与王大智撞了个满怀。王大智皱着眉头，询问春天的工作进展，当他发现春天真的做完了全部工作时，便说："那你帮妖妖把来宾的礼品准备一下。"

"这是她的工作。"春天忍不住叫起来。"她做不完，你帮她一下。"

王大智说完进了办公室。春天在门口呆了两秒，果断地走了，在电梯里，她关闭了自己的手机。

王大智特意召开部门会议，怒气冲冲地说有些员工没有团队意识，不帮助同事，只扫自家门前雪。春天站起来，慢悠悠地说："对于帮助同事这件事，我的理解是，每个人做好自己的工作，就是对他人、对这个集体最大的尊重与帮助。"

会议结束，燕子悄悄对春天说："你不得罪人会死？"

春天回敬道："不得罪人就意味着自己的利益受损吗？那我宁愿得罪人。"

"你这种油盐不进的人，只适合给资本家打工！"

春天没有回应，她在想，或许燕子说得有道理，她遇到的所有挫折，只证明她并不适合这里。

春天在王大智手下做了一年半，跳槽去了一家外企。这里被人帮被视为无能，喜欢帮别人被视为多事。即使是需要团队合作的工作，每个人的分工也十分明确，再也没有人因为你任务完成得又快又好而不断给你加码。春天喜欢这样的工作环境，虽然有时候很累，但累得明白、累得清楚、累得痛快。

每个人都有自己的位置

春天意气风发，过去像一阵风，吹过就散了，直到在出差的飞机上，她发现坐在自己身边的竟然是张燕。两人话匣子打开，春天才知道，张燕已经接替了王大智的职位。

"我早就觉得你是王大智的接班人。"春天不无赞赏地说。

"哪里，还不是你们这些精英都另谋高就了，兄弟我才有机会出头。"张燕的世故经过这几年的打磨，更如藏了许久的旧瓷器，展露着洋洋自得的光芒。

张燕问她过得怎么样，春天认真地说："谢谢你当年提醒我，我真的好适合给'资本家'干活。"张燕的脸上闪过一丝迷茫，显然已经忘了自己说过的话，然而他很快调整过来，说："哪里哪里，我这个人最大的缺点就是爱讲真话。"犹豫了一会儿，他又忍不住说："你不觉得那儿的人情好淡薄？"

"不觉得，它满足了我对职场的全部梦想，明晰、简单、不虚伪。"春天的话大约让张燕不怎么舒服，他半天没说话，然后忽然拿出自己的iPad，给春天看老婆孩子的照片。抱着孩子的那个女人，虽然已经胖得不像样，春天还是一眼认出了她。

春天望着窗外，云朵与蓝天，像金箔漂在海里，她的心里洋溢着快乐，为张燕更为自己，顺带为她一直不怎么喜欢的妖妖与她怀里的新生儿。我们生活在一个偌大的剧场，每个人都有自己的位置，如果觉得不那么舒服，先不急着改变自己，换个座位试试。

老 弟

文/刘 汀

一

我上初中时，老弟读小学，成绩很差。父亲在老弟的学习上并不很在意，他希望这个儿子将来留在身边养老。

老弟升到初中，那个中学离家40多里路，条件极差。他成绩依然不太好，又远离父母管教，在玩闹中终于把初中读完了。

老弟中考那一年，已经是我的第二年高考了。父母和老弟商量放弃中考，想让他直接停学，回来和老叔学开车。老弟说，报名费交上去了，连考场都不进太亏了。考完之后，他填了几个中专的志愿，打包行李回家，做好了当一辈子农民的准备。

在我收到一所专科学校的通知书一周后，邮递员给家里送来一个信封，老弟竟然被呼和浩特的一所中专录取了。家里马上陷入一种紧张的气氛：父亲提前几个月就开始借钱，他觉得这一年我无论如何也能考上大学了。我却不想到这个学校去，父亲犹豫着，这笔辛辛苦苦筹措起来的钱，究竟是还回去，还是把它作为老弟的学费，送他上学。我们开了个家庭会议，结果是同意老弟去读这个学校。

从老家去呼市，要先坐火车再转车。父亲、老叔一起送老弟去坐火车。那一年老弟16岁，从没出过远门。他们把老弟送到火车站，看着他一人踏上绿皮火车，再看着老旧的内燃机车缓慢地驶出站台，父亲突然脸色苍白。可能是在那一刻，他实实在在意识到，自己这个准备留在身边养老的小儿子，孤身去外面那个他一无所知的世界闯荡了。

这年冬天，我在复读班的最后一排鏖战。一天，门口的同学喊，有人找你。我出去，看见老弟笑嘻嘻地站在楼梯那儿，背着简陋的双肩包。我过去，两个人破天荒地拥抱了一下，问他啥时候回来的，他说刚下火车。他长高了，也更强壮些，板寸头发，最重要的是，我看见他嘴唇上有了黑黑的胡碴儿，不过半年，他已经有了青年的模样。

二

3 年后，老弟毕业，和几个同学被人介绍到当地一家牛奶公司去工作。在那儿，他几乎什么活都干过。收牛奶时，他不愿意收掺了水的奶，还被人追着打。工作的 3 年中，他没回过一次家，他心里暗暗发誓，要做出点成绩来再回去。

那时，我和老弟都已离家千里，父亲下定决心装了部电话。一个除夕夜，给老弟打电话，他说他刚加班回来，母亲听完就掉眼泪了。老弟后来告诉我，交房租后没钱了，他从同事那儿借了 100 块钱。他买了一只烧鸡一瓶白酒，回到那个阴暗冰冷的出租屋，吃完烧鸡，喝光白酒，倒头就睡。为了抵御饥饿，他过年的几天，基本上都是在冰冷的床上度过的。

2002 年，我在北师大读书，五一假期去呼和浩特看老弟。我住在同学的宿舍里，第二天坐了半个多小时公交到了老弟公司。下了车，我四处打望，终于看见蹲着抽烟的老弟。他头发很乱，脸色不好，胡子拉碴。我来之前就知道，老弟生活得并不好，但看到他的憔悴和颓废，还是超出了我的想象。

他带着我在工作地转了转，然后去了他和一个同事合租的小屋子。那是一间破旧、低矮的平房，屋里很暗，大概只有六七平方米，靠墙的地上摞了 4 摞砖头，砖头上搭了几块木板，木板上铺一床褥子，上面是被子、枕头和军大衣。这就是老弟抵御黑夜时所能有的一切。靠门口的地方有一个小炉子，是用铁皮桶做的。屋里很冷，老弟说，咱们去吃饭吧，饭馆里热乎。

我们到附近的小饭馆里，要了砂锅和米饭，闲聊着吃完。我问他的打算，老弟说，先干着看吧。我问他过年回不回去，他没出声，好一会儿才说："到时候看吧。"他依然封存着自己的内心世界，他不想让我担心，不想把自己现在穷困的生活和迷惘的未来给我看。他努力营造着一种"我很好，至少还行"的氛围，我不能去破坏这个。后来，老弟把账结了，我想去结这顿饭钱，但忍住了，抢着掏钱会伤害他的自尊心。

返程的车来了，我坐上车，没敢回头看挥手的老弟。虽然不曾看见，但之后的若干年，我的脑海里都有一幅画面：透过斑驳的车后窗，我看见老弟单薄而倔强的身影，他不停地向我挥手……

三

回到北京，我向父母报告这次行程，说老弟在那儿还行，让他们放心。年龄渐长，我才发现内心深处的愧疚，因我的存在，剥夺了老弟过另一种生活的可能。而他也接受了家庭所给的命运，并努力靠自己去改变家庭的命运。

第二年，父亲喊上二舅，两个人坐火车去看老弟。老弟想让父亲和舅舅能在呼市好好玩一下，提前借了些钱，带他们下馆子，带他们去景点，三个人的门票花了一百多块钱。两位长辈心疼得不得了，老弟当然清楚这些景点没什么可看的，但他还是要带他们去，只是想让远道而来的长辈有一个值得的旅行。他是多么迫切地想向他们展示：我过得很好，不用担心。

老弟那时的收入一个月 1000 元左右，除去房租、伙食费，剩下的大部分钱他都花在了网吧，下班之后就玩游戏。因为除了游戏，再没有其他东西能在那种环境下给他宽慰和快乐，即使这宽慰和快乐在本质上虚妄又短暂。

干了几年，老弟的收入好了点，可他也渐渐明白，在那儿待下去毫无发展。我在网上和他说："今年回家过年吧，你不知道一家人多想过团圆年。"老弟说，他本来还在坚持做出点成绩来才回家，可我的那番话，让他改了主意。他请假回了家，和家人一起过年。年后，他又到呼市去，想把握住一次好的转岗机会，可惜他不愿意求人，最后只能打包了行李，彻底回家来了。

那年，父亲求亲戚给老弟介绍了个工作，是到东北的一座矿上，老弟又一人去了。干了半个月，他打电话说想回家了，矿区在山上，非常冷，他手脚都长了冻疮。父亲总在电话里说，先干两天吧，开春就好了。老弟不愿再让他们担心和操心，就在那儿干了下来。他告诉我，自己什么活都干，从去那儿到现在的 7 年里，他没有过节假日。

老弟去矿上后，常和我在网上联系。有一天，老弟给我发来了他写的小说和诗歌。他的文字和思考都很稚嫩，但我欣喜不已。他在山沟里，在举目只有石头和树的矿井周围，能培养起这样的爱好，是多么美好的事情。他喜欢这个，就不会陷入枯燥生活和无聊工作的悲苦之中，就会将坚硬的现实的壳凿开一个小小的孔，透过它呼吸到另一种空气。

我鼓励他发到网上去，他发上去，从很多网友那儿获得小小的认可。后来，他写的东西越来越成熟，内心也越来越强大。

多年的辛劳与坚持让他终于有了稳定的生活，现在已经是一对儿女的父亲了。虽然经历无数的摔打，他还是那个踏上列车的少年，在复杂的生活中，努力保持着单纯和善良，还多了稳重和成熟。

"丑女孩"的逆袭

文／饶雪漫

清晨打开邮箱，第一封未读邮件的标题是：可怜的丑女，此生到底有没有逆袭的机会？

我猜写这封"知音体"信件的女生是个"零零后"。她口口声声说自己长得不好看，什么胖啊矮啊，腿粗啊，眼睛小啊，她很坚定地认定身边所有的不如意都跟自己的长相有关。信中她问了我这样一个问题："雪漫阿姨，恕我冒昧地问一句，你也长得很难看，你是如何战胜自卑获得成功的呢？"看到这句时，我直想跳脚，拜托——我没有觉得自己长得难看！是你对美的认知出了偏差。

好看的标准到底是什么？姑娘们天天拼了命地喊减肥，个个想做瘦美人，但唐朝还以胖为美呢。都说樱桃小嘴是丽人标志，偏偏舒淇和姚晨大嘴也有人爱。

那些总是嫌弃自己长相的姑娘们，有个问题我不知道你们有没有想过，那就是——你和这个世界上任何一个人都长得不一样。就算你有一个双胞胎的姐妹，她也跟你有着很多细微的差别。你的模样是上天赐予的礼物，也是你存在于这个世上最独特的标签，你有什么理由嫌它难看？

想漂亮其实很容易，网上有那种一秒钟变美女的视频，那些变身前后的对比图，是不是亮瞎了你的眼？可是，有什么用呢，她总不能天天戴着个面具生活吧？回到家卸了妆，是啥样还是啥样，而看到她最真实面目的人，永远都是她最亲近的人，她长成什么样，对于他们其实都无所谓。

不过你不要误会，我的意思并不是说女孩子就不用收拾打扮自己。把自己弄得干净、清爽、舒服，懂点基本的美容知识，还是很有必要的。

五年前，我认识一个女孩，她是江西农村长大的，读中文系，家里条件很不好，也没什么自信，整个人都显得灰扑扑的。大学毕业后，我介绍她去了一家图书公司做实习编辑。再见到她时，我吓了一大跳。要不是她开口说话，我还真不敢叫出她的名字来。

原来，她到那家公司负责做美容书。一开始是为了做好书，她研究书中介绍的一些美容小技巧，反复观看书中附赠的碟片，在自己身上做试验。慢慢地她发现，自己有了改变——会化淡妆了，会弄头发了，会穿衣服了。几本书做下来，她已经从一个对美容一无所知的人，变成了半个美容达人。

我问她："你才去半年，怎么能学这么快？"

她笑着回答我说："了解最基础的美容知识，其实三天就够了。最关键的是，有很多女生都会忽略这三天。当你有一天明白'造型'的时候，就再也不会为自己和明星之间的差距而感到自卑了。"

我始终认为十七八岁的姑娘就是一朵花，带着最初绽放的青涩和天然，比较可惜的是这个年纪的姑娘们却常常对这份与生俱来只有一次的美丽毫不自知。很多年轻女孩总觉得自己长得不好看，迫切地希望通过各种方式来改变，一味地追求新奇潮流的东西，把自己弄得乱七八糟，还自以为美得要命。

很多时候，美是一种感觉。当然有时候，它也有可能是一种潮流。比如大家都觉得单眼皮不好看，想尽办法去割双眼皮。可是林忆莲最红的时候，还有很多双眼皮女生想把自己变成单眼皮呢。你有足够的本事，就引领潮流，而不是跟着潮流辛苦奔走。

　　还有一点也很重要，就是你对美的看法一定会改变。也许年轻时你会更注重一个人的外表，可当你读了很多的书，认识了很多的人，见过了很大的世界之后，你会发现，以前看不惯的人你会觉得她很美，而以前觉得很美的一些人，你会突然觉得自己过去的品位是不是出了问题。

　　一个人之所以可以做到不介意任何人的评价，是因为她有足够的自信和足够的智慧，是因为——美自在她的心，而不在世人的眼光里。任他潮流如何变幻，任他世人如何评价，她自岿然不动，怡然自得。那些还在抱怨自己天生不够美丽的女孩，不如趁着年轻多读点书，多走点路，多认识几个朋友，多练习练习你的微笑。有一天，当你对美的看法有了自己独到的见解，不再随波逐流人云亦云时，你就会发现，"逆袭"这件事，靠的是文化，是修养。

那段奋不顾身的日子，叫青春

文／雨　欣

我一直觉得自己的成长是一瞬间的。没有漫长的打坐，也没有光影明灭的交替，忽然有那么一天，就被时光拽到了成人的世界，自此，泾渭分明。

17岁读高三的时候，我的豪言壮志是考上南京大学，去读文学院。对于这个目标，我始终充满自信，我一直是一个一帆风顺的孩子，并深信这种好运气会自始至终伴随着我。那年5月，妈妈出事的那个上午，我刚刚在月考中拿了第一名，喜悦戛然而止。只记得下楼梯的慌张，脚踝重重扭了一下，跑在路上的时候，它有点儿疼。

那是我生命里记忆最为空白的一天，除了医院里刺鼻消毒液的味道之外，我什么场景都记不起。手术似乎有半个世纪那样漫长，直到妈妈从手术室里被推出来，我的眼泪才哗哗地汹涌而落。她像一个单薄虚弱的纸人，手臂被层层纱布包裹，厚厚的纱布却被血液快速渗透。麻醉消除后，我用蘸了水的棉签，轻轻擦拭她干裂的嘴唇，她慢慢睁开眼睛，用很轻很轻的声音对我说：别哭，我不疼。

医生说，车祸造成了妈妈的左手半个手掌粉碎性骨折，只能切除。从那一刻开始，我决定报考医科大学。距离高考仅剩30天，我躲在医院楼梯的角落，搂着肩膀哭泣，窗外灯火阑珊，我对自己说，从此后，你将世界无敌。

也许是性格直爽而又大大咧咧的缘故，刚到大学，就收获了一大批来自天南地北的好朋友。那是一群想起来都使我快乐明媚的人，你总能在她们身上看到闪烁的正能量和跳动的青春气息。我深信我们是一类人，就像尽管经历过伤痛和挫折，这么多年我仍一直深信自己是幸运儿一样。

读大二时，我已经可以穿着白大褂在各类实验室里游刃有余地完成每一项实验，我惊讶于自己对医学的领悟能力，也越来越佩服自己的胆魄。我常常觉得自己责任重大，一种使命感深刻根植于内心。大学让我懂得了什么是对生命的敬畏，我仿佛能看到未来的自己，悬壶济世，救死扶伤。

后来，我一直在想，如果不曾对梦想念念不忘，那么一切也将顺理成章，我的青春不会多出那些棱角尖锐的叛逆，也不会令深深爱着我的人失望。

在所有的人都开始为将来考研还是签约医院做准备时，我突然决定放弃在医院实习的机会，要去实现自己的文学梦。对于我的一腔孤勇，所有好朋友都坚决反对，她们说，梦想就是打不死的小强，你何苦要抓着一个不放。

终于还是收起白大褂，留下一大箱厚重的医学书籍，在距离毕业还有一年多的时节，我选择奔赴郑州，奔赴一个未知的明天。在车厢内与站台上的姐妹们挥手告别，列车疾驰而去，我的眼泪很没出息地滚落下来。

这些，父母并不知情，甚至所有的亲戚邻居都认为，不久以后，我们家就会多出一位大医生。

初到郑州，陌生和茫然常常席卷而来。那时，我租住的房子在一幢居民楼的顶层。白天，拿着并不丰富的简历，带着七分稚气、三分成熟的自信心斗志昂扬地奔走在人才市场。傍晚就在楼顶天台上看星空，房东在楼顶栽种了许多花草，还有各种蔬菜，我在楼顶发呆的时候，就有种回到乡下奶奶家的错觉，这个时候，便格外想家。

给妈妈打电话，通常都是在撒谎，我有时候会告诉她，在医院的实习工作很忙，常常连着好几台手术要看，还有许多病例要写，而临床老师却对我们要求极为严格。妈妈听着我这样的抱怨，就会一遍一遍嘱咐我要细心，不能拿病人的生命开玩笑。

我听着听着，就会难过起来。我依赖着父母的爱和宽容，将倔强发挥得淋漓尽致，但这些并不代表，梦想就一定会青睐于我。

秋天来的时候，我仍然没有找到一份能朝夕与文字相伴的工作，姐妹们有时会在电话里痛批我，劝我回头是岸，我却依旧以嘻嘻哈哈做回应。她们隔一段时间就来郑州看我，带了大包的我爱吃的零食和同学们之间的趣事。三四个人蜗居在狭小的房间里，横躺在床上，天南海北聊梦想，电脑里反复放着范玮琪的歌曲《有你真好》。窗外，日光渐斜，屋内，青春正好。

总有人问我，你是学医学的，为什么不去当医生？我无言以对。梦想是一个说出来就显矫情的东西，它是生在暗地里的一颗种子，只有破土而出，拔节而长，终有一日开出花来，才能光明正大地让所有人都知道。

在这之前，除了坚持，别无选择。

直到第二年三月，我才找到了梦想中的工作——杂志社编辑。而此时我离开学校已经 270 天，经历了夏，也熬过了冬，像漫长的蛰伏，忽略掉一路走来的风尘仆仆，只保留了到达的喜悦。

当印着我名字的杂志样刊出来时，我才有勇气对父母坦白。出乎意料的是，他们却没有责备我，爸爸只是说，无论如何，你觉得值得、觉得快乐就好。我想电话那端的妈妈一定是哭了，她却坚持说是自己感冒了，鼻音重。我仿佛又看到了多年前，那个躲在医院角落里哭泣的小女孩，她曾天真地想，只要自己成为一名医生，就能保护妈妈，治愈所有人。

在毕业典礼上与同学们相拥而泣，我们再也回不去年少，但我将永远怀念那个曾与他们在一起、穿着白大褂、脚步轻盈、有着可贵使命感的自己。

我曾剪下自己的一段青春，用来奋不顾身地朝着一个目标狂奔，那勇敢的模样，任何时候想起来都觉得很漂亮。像夏日里热烈的太阳，像原野里自由的风，像从不曾跌倒过一样。我永远深信，有些东西，冬天从你身边带走了，春天还会还给你。就像，我与我的梦想。

豪哥的故事

文/王 芳

那天，雪下得很大，黄昏时候，本已暗下去的天光，在雪光的反照下显出了奇怪的昏亮，人从雪上踩过，只听见"咯吱"的声音，冷冷的，有渗入牙缝的冷。

身材娇小的豪哥穿了件洁白的羽绒衣翩然而至，她皮肤也像她的衣服一样洁白无瑕，五官精致，眼睛里总闪着思考的光，下巴上有一颗痣，点出了些许调皮，整个人清秀得让人欢喜。尾随而至的是她的母亲，母亲穿枣红棉袄，长辫子，有点儿中年人的苍老。我正在厨房做菜，她母亲便一直站在厨房门口与我聊天。原来这不过是我们城市里一个最平凡的家庭，父母亲都下岗了，开了一家送燃气的店，一年四季都在送燃气的路上。现在小区几乎都用上了天然气，他们的生意也不太景气，可是他们有这么好的女儿，小时候学二胡，拉得风生水起，长大后在学校，无论学习还是能力，都是赫赫有名。她现在唯一感到困难的，就是语文。作为一名理科生，她喜欢文字，却找不到走进去的路。

本来她不是我的学生，不过是从某处听闻过我，便来了，那样义无反顾，那样平静安然。

那时我直呼她的名字。她叫文育豪，一个很男性化、很爽气的名字。

我们在一起度过的夜晚，是我当老师的生涯中最快乐的，因为她那求知的眼神给了我莫大的鼓励。更因为我与她交谈得那样愉快，从来不觉得是在传授，而是思想的碰撞，从某些角度来说，这个聪慧而美丽的女孩给了我生命的灵感。我父亲住院的那一个多月，她每次来我都要推迟半小时才能回，我怕耽误她的学习，毕竟高考迫在眉睫，所以让她迟一点到。可是，她依然按时到，给我儿子讲她喜欢看的漫画，喜欢读的书。

其实，她的语文成绩一直很好，不过没有她其他科目那么拔尖。所以，就提高成绩而言，我是有压力的。毕竟，她是我们学校的种子选手，她花了这许多时间，究竟在高考中值不值，我真的很没把握。因为高考语文提高到一定程度，再往前，可谓举步维艰，更何况，语文修养也不是一两个月能够提高的。我把这种担忧对她说了，她的回答，令我惊讶。

她说，我来您这儿学，不完全是来提高成绩的，我就是想学真正的语文，我就是遇您遇晚了。

我立刻懂得，在高考来临之前，在时间就是成绩的那分分秒秒里，她愿意花大量时间来让我当好一个老师，意味着什么。

相见恨晚。

二

在清华大学和人民大学的自主招生笔试后，她收到了人民大学的面试通知。到面试时，她不想去了。我问她为什么，她说，自从进入高中以来，她一直特别喜欢生物，所以去参加生物学联赛且获得了省级一等奖，从小到大，她只做喜欢的事，人民大学不是她想去的地方。

换了别人，你或许会说这是一个多么狂妄的女孩，还没有考呢，难道便能断定自己可以选择不去？但是豪哥说出来，那样踏实，半点炫耀的意味都没有，仿佛名气对她，就是浮云。

那时我多么佩服这个女孩的勇气。但我们还是劝她去了，因为这是她增长见识，了解自己能力，也了解世界的绝佳机会，否则她要的，会不

会真如她所期望的呢？回来后，她对我说起面试经过，说起她对问题的回答，说起她对人民大学的感觉，那是一种很坚定的态度，就是，她不会去一个她并不感兴趣的地方，去学一个她不感兴趣的专业，不管那里有多少顶桂冠。

再后来，高考只剩一百天了。学校做一个动员报告会。她当时正好考了全年级第一，于是作为学生代表上台发言。

她的发言稿给我看了，我最欣赏的是她恬静自然的态度，奋斗之类的豪言壮语几乎没有，她只是在说，她终于可以对她一直以来的梦想做最有力的冲刺了，而所有青春着的同学们，谁不应该为各自的梦想，去完成最重要一环的腾跳呢？

动员会散后，办公室的老师们议论着他们并不熟知的豪哥。

大家首先讶异于这个鼎鼎大名的女孩外表的美丽。"把她拿去和周冬雨比，没有人会说周冬雨一定比她漂亮。"为什么把她与周冬雨比？因为年龄对，身份对，气质也对。她的漂亮不是令人惊艳的，而是内敛到如水一般静静渗入你的脑海。

后来大家开始奇怪于一个如此美丽的女孩竟会这样优秀。因为在成长道路上，她的诱惑一定比其他女孩多，她能有今日之淡定从容而且卓越，靠的是什么？若用梦想来解释，便顺理成章了，不是吗？少女时代玛丽·居里的美，也是足以倾倒众生的，但她对科学的狂热之爱，使她对外界一切喧嚣置若罔闻。

最后大家落到了对这个女孩未来的担忧上。如果她读博，生活在科学世界，她能找到属于她的居里吗？

三

豪哥后来告诉我，其实她不是人们想象中的样子，后阶段她几乎很少做练习，相反，她开始喜欢看课外书，探究哲学，也喜欢与同学一起吃午饭，然后看一会儿电视，笑一会儿。

她的文字中开始出现对这个外部世界的关注，包括建筑工人的生活状态，中国中小企业的生存之道，以及生命意义的探索等。她会否定，但不偏激，在感性之中，又处处都是理性。有时她写得好到我忍不住要说，你还是别跟我学了，咱们当个忘年交吧！那时我觉得，人是生而不平等的，如豪哥这样的悟性，绝对不是每一个人都能够拥有的。

当然，这样的豪哥，还是要面对高考，而高考的结果，是外部世界对她唯一的认知。

这次，她考砸了，只考了 636 分，语文是考砸的科目之一，她没有加分，硬碰硬便只有这么多。

高考之后，她很久没有与我联系，我想象她是沮丧的，我又何尝不是沮丧的？不是为她应该要去个什么名牌大学，而是，这距她的理想远了一些。多次想要给她电话，最后还是放弃。有的伤口只有自己去舔吧。

8 月，一个炎热得让人抓狂的月份。某天黄昏，豪哥来了，这次，夹带的，是满面的热气。

她坐在我家沙发上，做的第一件事，是安慰我。她说，真对不起，我没有把语文考好，所以许久不敢来见你，但是你要相信，即使没有考好，我也知道，我的语文水平是提高了很多的。我相信我的语文，不会比分数比我高很多的同学差，这在我的未来可以有很好的证明，你说过，语文是一辈子的事。

她一句话，把我这个辅导老师所有的不安惭愧都轻描淡写地拂去了。

然后，她谈起了她填的大学。因为理想，她选择了一个让所有人都大吃一惊的学校：中南大学医学部本硕博连读。

为了要做一个最好的医生，最好的科研工作者，能静静待在实验室里研究自己想要研究出的药物，全国她想去的大学只有三所，清华、中山和中南。今年她上不了清华，那么，就选择中南吧，在这里，尽管会有别人难以承受的艰苦、枯燥，但只要想到又离梦想近了一步，她便无比欣喜。虽然这一决定会使她的名字不再排在学校的榜首，不再是别人议论的对象，但那些不重要。只有她自己才知道她想要什么。

她说时显得有些激动，汗水从她洁净的额头滑落——多么美丽的女孩啊！注定了的卓越，便是从这里起步！

四

教师节的晚上，豪哥在电话里告诉我，她在学校的一个志愿者活动中，免费学习国画和古琴，已经有些模样。学校课程开得慢，先拿这些来濡养一下，倒不错，古琴优雅且悠扬的声音，总是能使人静下来，看到真正的自己。我听了，欣然。

生命本是一场偶然的来去，豪哥如此年纪，便把所求看透，明确地活过每一天，相比之下，还有多少人活在对自我的混沌之中。

"我所渴求的，无非是将心中脱颖而出的本性付诸生活"，黑塞在《德米安：埃米尔·辛克莱的彷徨少年时》一书的扉页上这样写道。对于身处少年时代的人而言，正初涉生活深渊，每人都在努力奔往他们自己的目的地，其中，只有一小部分人总在试图跃出深渊，更小一部分人永不放弃。

黑塞还说过，"爱必须要有心中笃信的力量"。也就是说，如果你爱上了一颗星星，从山崖上朝着星星的方向纵身一跃，坚定不移地相信自己会成功，那么，你就能飞上天去，跟星星结合在一起。如果在跃起的一瞬，你对自己说，不可能的，你就会摔落山崖，粉身碎骨。

不管你信不信，反正，的确有许多人在年轻时爱上了星星，可是到老了，却只能对着遥远的夜空长叹：我所爱，在远方，欲去求它千万难。

那么，关于豪哥的故事，也许能唤起你某些想法，或者是关于星星的，或者是关于那纵身一跃的吧？

晋这个笨小孩

文／吕丽峰

昨日的校友座谈会上，受邀的晋，一再强调自己只是个普通的学生，甚至比一般人要笨一点，他只是比别人付出多一点的努力，才有今天的成绩。看着台上侃侃而谈的晋，我想起了关于他的许多美好故事……

认识晋缘于一个惊讶的开始：大一的第一个学期结束，晋因为工程制图不及格而哭得一塌糊涂。在人来人往的学生工作办公室，他低着头，声音哽咽，眼泪吧嗒吧嗒地落着。看着晋的样子，我觉得可气又可笑，我还从未见过一个男生因为考试成绩不及格而如此伤心。

我联系晋的母亲了解情况，晋妈妈笑呵呵地说："这孩子从小就很认真，他已经和我说过了，您不用太担心，他会努力的！"但我仍担心这样的孩子经不起挫折的打击。

晋因不及格而在办公室哭泣的消息不胫而走，同学们称他为"泪哥"。一个同学悄悄告诉我，晋就是有点笨，他每天小心谨慎地画图，反反复复地做题，努力地找别人请教，可是效果还是不好。同学们都很奇怪这样的学生怎么会喜欢车辆工程这么难学的学科。

该怎样帮助这个笨笨的"泪哥"呢？一个周六的下午，我邀请晋和我一起到校园里散步。

晋匆匆从教学楼里跑出来，一脸的憨厚可爱，"吕老师，您今天怎么来了？有什么事情吗？"

"教室里学生多吗？"我问。

"好多人都回家了。"晋说。

是啊，周六日还在学校一如既往、勤勤恳恳学习的学生真不多。我装着随意的样子，问晋为什么学习如此投入？晋说他就是对车辆专业感兴趣。聊起大学的规划，晋说想继续深造，争取考研。

考研？如果考研失败，他怎能经受起那般打击？我心里沉甸甸的。

晋说自己喜欢仰望一个个美好的目标，他高中时学习成绩一般，能考到北京来绝对是个意外，所以，他还想继续追求自己的目标，无论多么艰难。

这是好事啊！所有努力都值得尊重。我和晋相约，毕业时，再次和老师分享他的"意外"。

那个亲昵的称号一直伴着晋，晋也笑着说习惯了。他还是那个憨憨的大男孩，做什么事情都是认认真真的样子……每天，晋拎着个大书包，穿梭于自习室，以至于教室里打扫卫生的阿姨也认识了这个每天学习到很晚的学生。

大二的第二学期，晋突然加入了一个研究车型设计的车队。一天，晋的车队队长竟然专门找到我，"吕老师，您了解晋吗？"

"了解啊，怎么了？"

"他对车队工作的负责简直到了可怕的程度！"队长打着手势，有点语无伦次，"老师，我不知道怎么形容他。每次讨论，他都是毕恭毕敬的样子，记录了一本密密麻麻的笔记，经常一个人在实验室熬到凌晨。我真怕比赛失败了，他会受不了打击。您劝劝他吧。"

当我找到晋了解情况时，他嘿嘿地笑了，"老师，您不用担心，我很好。我理解力比别人差点，因此只有多花点时间。"我放心了，这只是一个所谓的"笨"学生的"笨"做法而已，就让他以自己的方式继续追逐梦想吧！

转眼又到期末考试，几位老师不约而同地讨论着某年级有个总是最后一个交试卷的同学，无论哪一科，交卷后都会围着老师不停地提问。听着同事们绘声绘色的描述，我越来越清晰地感觉到那个学生就是晋！

晋是在考试结束后找我谈话的，一副难为情的模样，"每次考试我都是最后一个交试卷。吕老师，这样是不是不好啊？"

"你每次能做完题吗？"

"总是很凑合才做完啊！我一直在想，在写，但每次都很慢。不知道大家怎么都交那么快！"

"没事，你做你的，我相信你！"我坚定地告诉晋。

大学四年，晋的成绩一直徘徊在中等偏上，但是他英语四级一次通过，意外地考取了名牌大学的研究生。现在他凭借自己的努力进入一家非常不错的企业，还成了部门的精英！

座谈会上，晋的分享像涓涓细流，平静地震撼着倾听的学生。晋说："成功没有捷径，我只是比别人付出多一点，努力多一点而已。"晋的笑容还是那样纯真。

白粉仔

文／小　黑

那是一个难忘的下午。

我像往常一样匆匆往课室走，到后门的时候，只听到课室里爆发出一阵哄笑。听到门口放风的同学喊，老师来了。变戏法似的，课室瞬间恢复了宁静，座位上的孩子一个个挺直了腰背，看着站在讲台上沉默的我。他们的脸上交织着意犹未尽的激动，和清澈透明的无辜。

一个脸色苍白的小男孩孤零零地站在课室的后门边。他无辜地看看我，又看了看大家，目光开始变得散漫，好像不知道该看哪里。同学们顺着我的目光，聚焦到了男孩的身上。看到他那么茫然不知所措，一个尖锐的声音喊了起来，老师，白粉仔哭了。就在这时，男孩的声音撕破了一般，号啕大哭。他像个木偶一样抹着眼泪，一撅一撅地走出了课室。我听到课室里，暗暗压抑着随时都会爆发的笑声。它隐隐地，让人心痛。

男孩子们都叫他白粉仔，只有女孩子们才会叫他的大名。

他脸色青白，眼睛深深陷了下去，目光中少有灵秀和活气，走起路来，摇摇晃晃。每一天，他默默地到学校来，默默地离开。有时，他的母亲会在深夜给我打电话，说着就呜咽起来。更多的时候，他就像个流浪儿，没人在意他，家里的电话总是无人接听。

男孩子哭着离开了。课室里忽然静极了，让人窒息的静。终于，有人忍受不了了，低低地说了声，上课啊。各个角落响起了此起彼伏翻动书页的声音。

其实，我什么都看到了。几个男孩把他围在后门，大声呵斥着他，命令他双手抱头，命令他蹲下去……他听着他们的指令，看他们笑，也附和着一起笑。在那个角落，还有更多的人挤在一起围观，他们看着，手舞足蹈地模仿着、笑着。在课室另外的角落里，也有稀稀落落安静地趴在桌子上学习的孩子，他们旁若无人地书写着，成为了漩涡宁静的中心。周围正在发生的事，和他们全然无关。

再平常不过的一节课，孩子们都还是一贯的表情。谁都没有注意到课室后面那个空空荡荡的座位。

我看到他们，目光那么清澈透亮。想要说什么，却什么也说不出来。

傍晚，我找到男孩。他在座位上帮那些中午捉弄自己的男孩们抄作业。厚厚的一沓作业，都是其他孩子的。

我把他拉到没有人的地方，对他说，他们再欺负你，你就反抗啊。不行，就揍他们。

他看着我，目光呆呆的。他点了一下头，嗯了一声，然后就沉默了。看到他这样，我急了，对他说，凭什么要被人欺负？凭什么要给他们抄作业还要被骂？

他不吭声，也不看我，只是看着校园后面的山。想了很久，他最后吞吞吐吐地说，如果那样，他们就不和我玩了。他转身回了课室，回到自己的位置，埋下头继续抄作业。同学们的嬉闹和他无关。

我找班里另外一个男孩，问他，你们看到同学被欺负，为什么不出来阻止呢？

他满脸无辜，老师，一个愿打，一个愿挨。我们为什么要管？我不去做那个欺负人的人就行了，别人的事，我管不着。

我问他，那你觉得自己站在旁边围观和嘲笑，对吗？他直截了当地就回答了我，我又没有去伤害人，我只是看看而已。他那么理直气壮，让我无言应答。

我不甘心，又找到其中一个发令的孩子，问他，你不觉得你们在欺负同学吗？

他是个很聪明的孩子，瘦小，却有着内在强大的爆发力。他惊奇地说，欺负？我们没有欺负他啊，你看他多开心，我们是在和他玩。他边说边笑，四处张望着。我看出了他的满不在乎。他们全都满不在乎。只有我在乎，并且很在乎。

他们让我意识到，并不是所有人的童年都是完整、快乐、单纯的。从童年起，人们之间就存在着以恶欺善、恃强凌弱，存在着对他人视而不见的麻木。如果一个人认为这些存在都是理所应当的，那么有一天也会无意识地沦为欺侮者、被欺侮者，或冷漠的旁观者。

可是，我很明白，这正是我们教育的缺失。我们没有让孩子们意识到成为一个勇敢、明辨是非、坚守正义的人是多么重要。

不知道，多年之后，他们开始独自站立的时候，能否回忆起曾经一声声"白粉仔"的称呼是多么让人刺痛、难堪和愤怒！

我记得你，已不带恨意

文 /KAYLA

你还记得我吗？我记得你，以至于现在想写一封信给某个人的时候，第一个想到的就是你。

那是我第一次接触外企，也是第一次进正规的写字楼。实习第一天，我在电梯里耳鸣了，我从未踏足过运行这么快的电梯。我穿着自以为很正式的西装和高跟鞋，战战兢兢地向办公室的人问好。在看到另外两个实习生后，我马上就能把她们跟办公室的原驻民区分开来。其实，无论怎么装，装得如何正式，对比之下，实习生还是没有那种气场。

那时我并不喜欢你，你聪明、挑剔、严厉，穿戴又讲究，经常要实习生们跟着加班。中午下班时间一到，实习生们用办公室的微波炉热饭，几个人站在那里研究满是英文标识的微波炉应该怎么用。你黑着脸把我们训了一顿：一要礼让，实习生初来乍到，应该让前辈先热；二是过了六级的大学生还看不懂微波炉的标识，应该反省。我当时心里想：就热个饭，才多大的事儿。

有一次，你问我要一个表格，我在文件夹里找了好久都没找到，你火了，指着我乱糟糟的电脑桌面严肃地说：不同文件应该分门别类，文件名、作者、日期都要清清楚楚。你一走开，我就赌气地把那个表格重命名为"bitch"。不过，现在我知道"条理"二字的重要性了，谢谢你。

你的精力好像永远也用不完，风风火火，不知疲倦地加班，底气十足地向经理汇报工作，同时中气十足地指出我们做得不对的地方：PPT应该简明扼要，写邮件如何能得体，EXCEL要怎样事半功倍，报告书要如何有灵魂。回想那时，是我太矫情了，总以为自己年纪小就应该得到体谅和照顾。

不知道为什么，经理每次见外国客户时都会带上你。听同事说，你在英国留过学，英文很好。我曾看不惯你在说话时中文夹英文单词，但有一天视频会议时，听到你和总公司的外国同事流利地交流，我好惭愧。

有一天，其他实习生都没有来上班，我在导数据的时候导错了，格式不对，一个下午做的东西都白费了。你急着要最后结果，我也急，一直对着电脑敲啊敲，到晚上8点多才做出来，松了一口气。可是你看完，又看出问题来了，重做！我发誓要在10点前弄出个所以然来，10点整，兴冲冲地把表格发给你，你一言不发，示意我重做。我很疲倦，没吃饭，如此反反复复，一直到凌晨3点多，还是没有导出你要的数据。我一点精神都提不起来，我恨这里、恨电脑、恨你、恨自己。也是那一晚，我在洗手间暗暗下定决心，以后打死也不进外企。夜里马桶冲水的声音在偌大的写字楼里显得特别清晰，我第一次觉得令人绝望的不只作业，不只考试，不只恋爱。然而，我只注意到加班的人是自己，忘了还有你。

实习时间不长，一个月过去，我瘦了很多，回归校园生活，立即删掉了你的电话号码。那时，我真是一个傻瓜啊。

大四找工作时，鉴于实习的经历，我把简历全部投给了国企。如我所愿，毕业后到了东莞的一家国企工作。单位很稳定，逢年过节派福利，有很多叔叔阿姨辈的同事。很少加班，饭局很多，平时大家相处得很融洽，但工作效率奇低，领导眼中的大事就是篮球赛和文艺会演，我很快成了其中沉默的一员。

毕业后第一次想起你，是因为晨会时一位胖胖的阿姨辈同事，穿着黑丝，烫过的头发闪着油光，和我的上司正在推搡该谁接任务。那一刻，我就想起了你，想起你洋气讲究的穿着，想起你开会时那句义无反顾的"OK"。我想和你一起工作，哪怕加班。我是多么庆幸你曾经让我见识过那么一种工作方式，那种全力以赴的专注。我很怕，怕自己将来也会成为那位穿黑丝的胖阿姨。

你好吗？我希望你好。

你还记得我吗？我记得你，已不带恨意。

两个有性别的太阳

文／麦　家

　　我的少年时代是一个讲成分和阶级的时代，把人划成两个阶级：革命和反革命；分成了两种颜色：红色和黑色。黑色又细分为五类，即"地富反坏右"，俗称黑五类。这黑五类中我们一家占了两类：右派和地主。右派是我父亲，地主是外公。两顶黑帽子，压在头顶，压得全家人都直不起腰，受尽屈辱和伤害。

　　我上学的记忆就是从被污辱开始的。记得那是一个下雪天，我们在教室里自习，雪花从窗户外飘进来，落在临窗而坐的我的脖子里。我下意识地缩紧了脖子，起身想去关窗户。老师问我要干吗。我说雪飘进了我脖子，我想关窗户。老师问我是不是冷了，我说是的。老师说：你头上戴了两顶大黑帽还怕冷啊。

　　这就是那个时代！

　　老师都是如此，更何况少不懂事的同学。都说学校教人以美德，授人以知识，但我的感受并不尽然。我小学到初中，喊过的老师至少十几个，但真正温暖过我的只有两个：一男一女，男的叫蒋关仁，女的叫王玲娟。王老师是知青，胖胖的，演过沙奶奶。蒋老师是个仁义的人——像他的名字一样，上课不用教鞭（全校唯有他），高个子，篮球打得很好。

十几个老师，只有两个似乎是少了些，但够了，因为他们代表着善良、正直、仁义和爱，是可以以一当十的。每次我受了欺负，赖在家里不去上学，父亲和母亲会用两种截然不一的方式来催赶我去上学，父亲是动武，粗暴地赶我去；母亲是搬救兵，把王老师和关仁老师搬出来说教，有时还直接把人搬回家，现场带走。父亲的方式其实往往是把事情弄得更复杂，我经常是人走了，但又不去学校，而是找一个墙角或去祠堂里躲起来，等放学了才回家，制造一个上学的假象。

假的真不了。王老师看我一天没去上学，晚上笃定要来我家问原因，一问真相大白，所以，从结果看父亲似乎在用另一种方式把爱我的老师请进家门。

小学五年半，我最深的记忆就是这种反反复复的逃学、劝学，反复中我一再尝到被欺辱的苦头，也一再品到被宠爱的甜头。

蒋老师，王老师，一男一女，一高一低，像一对天使，像一个完美的世界，存放在我心的最深处、最暖处。他们使20年前的我留下了一首诗——

我心里有阳光

来自两个有性别的太阳

一个是男的，一个是女的

很拙劣的，但很真实，是少年的我最真切的记忆和感动。很难想象，如果没有这两位"天使"的爱，我的少年，包括青年，包括现在，会丢失多少崇高、美好的情感和力量。一个人心里如果没有足够的崇高和美好的情感，即使成了才，当了王，也将是狰狞可怖的——因为他不会向世界表达崇高和美好。

谢谢你，盛装莅临我的成长

文／汪微微

小学二年级时的班主任，是个不怒自威的退伍军人。平日里话不多，习惯用眼神制止并解决纷争与事端。

对男生，他实行军事化管理。课间十分钟，其他班的男生疯得东倒西歪，我们班的男生则挺拔地站着，有序地排队，轮流着立定跳远，玩得像上课一样规规矩矩又铿锵有力。

对女生，他力推淑女教育。说话要不疾不徐，微笑要张弛有度；裙子要过膝，不许撩起下摆擦汗，不能光脚穿凉鞋；坐不能弯腰驼背，站不能含胸低头；课外少看电视多读书，每天练习毛笔字……

乡村的孩子平时散养惯了，一个个野得像泼洒一地的阳光，哪里收得住？一学期过去，没几个能真正坚持下来的。做得最好的，是和我们同班的他的女儿。我们既同情她的别无选择，又钦慕她的与众不同。她不是班上最漂亮的女孩，却自有一种说不出的美，眼中闪烁着看得见摸得着的柔软和善意。连最捣蛋的男生路过她身边时，都会不由自主地屏声敛气。

多年后，在家乡的街头，她穿一袭蓝底白花的连衣裙，绾着低低的发髻，静静地站在那里。嘈杂如水，流到她身边，却自觉地绕道而行。有人和她打招呼，她轻轻地点头，微笑致意，温婉得既优雅高贵又接地气。

原来，她被打磨出来的与众不同的美，过去叫教养，现在叫气质。

初一时的语文老师，是个有着慢条斯理智慧的老头儿，他惩戒我们的惯用伎俩是写检讨。检讨的内容直接照搬作文要求：文笔要好，感情要真，题材不限，风格却要自成一家，字数不能少于800字。最可怕的是，要一式54份——班上共54个人，人手一份，字迹要沿用书法课上的工整与气势。

有一回上课，他迟到了几分钟。不待他道歉并解释原因，台下一片亢奋的叫喊声，大家一起喊：54，54，54！他也不恼，乐呵呵地看着我们，眼里的宠溺能湮没掉每个人。

从此，他再也没有让我们写过检讨，却要求大家记日记。算算，一天不过就一篇，我们胜者为王居高临下地同意了。

毕业后和一干人去看望他，说起这段往事，他笑：小小少年是一块块璞玉，但雕琢要讲究方式和技巧。写检讨是假，练笔练字才是真。然后他转过头，对我说："你的字，有蝇头小楷的功底；你的日记，也最好看。"

原来，我们最终学会的，是不要错过自己。

高二时的语文老师，是个忧郁的诗人。他为人低调又不羁，平时见他背影的机会比正面还要多。有一次上课讲诗歌的结构与特点，他找来了几本自己以前写的诗集。讲台上的他，眼神干净明亮，有一种未经世事的洁白，像正在做梦的少年。他一字字念，一句句写，一段段讲其间饱满的感情、丰富的想象、和谐的音韵，以及写诗的心境和曾经沉睡的梦想。讲到动情处，他会停下来，一言不发地看向窗外，眼神比远方还远。

课后很久，我心里仍澎湃得静不下来。那是我第一次感受到了诗歌的美，它干净清洁，美好亲切，散发着梦想的味道。最难得的是，它离我这样近，一声轻唤便足以叫醒我，而不只是远远地隔空感动我。

　　后来，我开始偷偷写诗，不在乎写得好不好，不去想有没有用，也不在意是否有人懂，愿意写下去并能很好地写出来，对自己而言已经足够。

　　原来，梦想是一种让你觉得坚持就是幸福的东西。

　　德国哲学家雅斯贝尔斯说过：教育意味着一棵树摇动另一棵树，一朵云推动另一朵云，一个灵魂唤醒另一个灵魂。谢谢你，盛装莅临我的成长……

和玛丽莎在一起的日子

文／高维谦

第一次见到玛丽莎，是在巴塞罗那大学西班牙语言文学系研究生负责人的办公室。

一位身着黑色套装的中年女人上下打量我一番，干巴巴地说："你就是 Diana 吧。"她接过我递上去的报到表，却没有立刻签字，而是用略带审视的目光盯着我，说："去年我接收了三个来自你们中国的留学生，但是一星期后，都跑过来缠着我换专业，让我很是烦恼。我本不想重蹈覆辙，但是推荐你来的女老师是我以前非常欣赏的学生，我希望你将来不要因为坚持不下去，而哭着跑来求我换专业。"说完，未等我答话，便唰唰地在报到单上签上了自己的名字，"玛丽莎·巴斯克斯"。

班里只有我一个亚洲人，其他老师会照顾我，放慢语速或是课后询问我是否能跟得上进度。可是在玛丽莎的课上，我就如同空气一样，透明得几近不存在。她近似光速的西班牙语像是战场上的子弹，嗖嗖地从我的耳边擦过，然后灰飞烟灭不留一丝痕迹。为了不让玛丽莎对我的预言成真，以往散漫随性的我用尽了力气在课后狂啃书本笔记，甚至像特工一样设法把略显丰满的 MP3 藏在娇小的笔袋里录下她上课的内容，然后回家反复琢磨。

玛丽莎对学生的高标准严要求在文学系是出了名的。大多数老师都只要求学期末交一篇报告了事，可玛丽莎却是每讲解完一本名著都要求交一篇十页以上的报告，课堂演讲也算入最后成绩，还需通过学期末的闭卷考试，才算功德圆满。

为了不让玛丽莎鄙视我，我只能挑灯夜读，乖乖地码字交报告，绞尽脑汁地堆砌辞藻准备课堂演讲。

演讲那天，我捏着不知改了多少遍的稿子站在讲台前，有一丝眩晕恐慌，语气断断续续，吐字结结巴巴，像极了一部卡了带的录音机。坐在下面的西班牙学生脸上挂着掩饰不住的不耐烦。此时，站在讲桌旁的玛丽莎突然示意我停下，她用犀利的目光扫视了一圈，然后厉声喝道："你们懂不懂得对人基本的尊重？！Diana 在认真地演讲，你们有没有认真在听？"顿了顿，又说，"我知道 Diana 的西班牙语还不够流畅，不过你们想想，她是班里唯一的亚洲人，只学习了几年西班牙语，就有勇气来西班牙读研究生！"随后她换上一副哀我不幸怒我不争的表情，说，"一个普通的课堂演讲你紧张什么？不要慌，继续吧。"

随后的日子，玛丽莎照旧对我冷冷淡淡，我的存在感丝毫没有增加。临近圣诞节，她宣布节后进行期末考试，因为考虑到节日期间大家会走亲访友，所以这次她仁慈地给出了考试的范围——西班牙作家克拉林的代表作《庭长夫人》。为避免挂科来年还得重修玛丽莎课的厄运，我只能推掉假期所有的活动，准备把图书馆当成第二故乡。

当我走进充盈着古典气息的图书馆，出乎意料地看见玛丽莎坐在门口的桌子旁，埋首在一堆书籍纸张的后面。本想蹑手蹑脚从她身边溜过，她却突然把我叫住："你放假不回家？"我解释说假期太短没法回中国，然后扬了扬手中的《庭长夫人》说："中国有句古话：书中自有黄金屋。我淘金来了。"玛丽莎的嘴角边浮出一丝微笑，不过笑意很快消失在她坚毅的面庞上。

不久，玛丽莎发来邮件通知大家去领成绩单，我拿到的考卷上赫然

写着一个鲜红欲滴的"9"（西班牙大学考试为十分制）。我不可思议地看着玛丽莎，她笑笑说："虽然你的书写当中有些语法错误，句子也不甚流畅，不过可以看出你用心读了我布置的书目，这是你应得的分数。"

研究生学期末，在一次研讨会上，我遇见了曾经向巴塞罗那大学推荐我的女老师，她告诉我："玛丽莎很欣赏你哦，经常在我和其他人面前谈起你呢。"我一惊："怎么会？她好像对我没什么印象。"女老师摇摇头，"哪有，她和我谈起你的时候，一直赞不绝口呢，说你既聪明又刻苦，天天泡在图书馆里，上课还会偷偷录音。这种事一般是不允许的，但她说看到你努力地把大大的 MP3 藏在小小的笔袋里，真是既感动又心酸。想到你在异国求学不易，因此也就假装不知了。"

我们说这些话时，正站在文学系的院子里，角落有棵大枣树，果实零零落落挂了一树。我突然很怀念在玛丽莎课上那段悲喜交加的时光。

不敢辜负的青春

文／邓迎雪

大二的时候，他的生活就像一个乱七八糟的调色板——逃课、迷恋网游、喝酒、和外校女生恋爱。很忙，但都与学业无关。

暑假，女友邀他参加她们班同学的假期游，他们登上了开往西安的列车。

正是暑运，车上人满为患，他们只买到两张卧铺票，大家只好轮换着去休息，余下的就在硬座车厢里打扑克，玩得不亦乐乎。

列车在他家乡停靠的时候，看着窗外熟悉的风景，听着浓重的乡音，有那么一刹那，他想起了在家务农的父母。每次打电话，他们都说一切都好，让他放心，他于是也就真的放下心来，不再心生牵挂……想到这里，他有些走神，直到有人催促他发牌，他才又沉浸在游戏中。

凌晨三点，他和女友拖着浓重的困意去卧铺车厢休息。人太多，走道里挤满了困倦不堪的人，有好多农民工模样的人，头枕在编织袋上，昏昏沉沉进入梦乡。

在一节车厢连接处，小小的空间里，人们横七竖八地或坐或躺。他忽然像针扎一样，大声叫起来，只见他的父亲蜷在角落里，背倚着包裹，微仰着脸睡着。

世界很大有时又很小，他竟会在这里和父亲相遇。

父亲看见他也大吃一惊。父亲说，他是去郑州的建筑队干活，农活忙完了，正好出去转转。望着父亲皱巴巴的汗衫、乱蓬蓬的头发、黝黑的苍老的脸，他知道父亲故作轻松的话语，是不想让他担心。

父亲又问他去哪里，他嗫嚅着说出行程，父亲却鼓励他，年轻人就该这样，读万卷书，行万里路嘛。想到亮红灯的功课，他不敢看父亲的眼睛。

他劝说父亲不要再出去做工，父亲说，劳动惯了，闲不下来。父亲从不在他面前诉说生活的苦，他也很少想过父亲的付出。现在，在这个拥挤不堪的列车上，看着年老的他背着行李卷出外做工，他心里涌起一种难言的酸涩。

那晚，父亲在他的卧铺车厢里睡得很香。送父亲下车后，他在自己的口袋里发现多了二百元钱，两张皱皱巴巴、浸着汗渍的钞票，让他觉着沉重、烫手。

他忽然就没有了出游的兴致，那场旅行，他的眼前老是晃动着父亲满是皱纹的面容。

从风景区回来，他在父亲打工的城市下了车。天闷热得像个大蒸笼，暑气滚滚，空气里冒着干渴的味道。

在郊外的建筑工地，他见到了正在忙碌的父亲。工地刚施工不久，楼房才建起一层多高，在机器的轰鸣声里，父亲正踩着用木板搭起的脚手架，叮叮当当地捆扎钢筋。看见他，父亲急忙从架上下来，心疼地责备他大热的天来工地做什么。看着父亲湿透的汗衫，被暑热熏得黑红的脸膛，他直觉着嗓子发堵，不知是汗水还是泪水从他脸上滑下，流进嘴里，咸涩的苦。

正说着话，有工友从身边走过，父亲自豪地介绍，这是俺上大学的儿子。那工友又问在学校学的啥？念的是计算机，开学就大三了，父亲大声回答，又侧头看看他，一脸欣慰的幸福的笑。

他心里五味杂陈，想想那两门挂科的功课，无地自容。

他在工地待了两天，才知道，那天父亲在火车上把仅有的钱都留给了他，现在的生活费，是拿工钱代扣。天气那么热，每天强体力的劳动，简单、粗糙的饭菜就是父亲全部的生活内容。他苦劝父亲回家，他留下来做工。父亲有些生气，"俺干庄稼活的，这点累算啥，这哪是你读书人待的地方，你好好读书，将来有出息，比啥都强。"

这些年，他变得浮躁无比，忘记了自己的来处。如今，父亲烈日下的汗水，一滴一滴溅在他心里，唤醒他沉睡的心。

那个暑假是他最难忘的一个假期，他突然感觉长大成熟了许多，从此，一步步踏踏实实走好自己的路，和从前顽劣的他判若两人。

多年后，当他和父亲聊天，还常常会提到那年夏天，只是，他没有告诉父亲，如果没有那次火车上的相遇，他不知还要挥霍多久的时光。

父亲拼尽一生，用全部的心血，浇灌他人生路上的片片绿荫，他怎能再辜负青春。这是从那以后，经常盘桓在他心里的一句话。

那些年，我和爸妈斗智斗勇

口述／李宇潼　　记录／伊　涵

中国式父母：以培育天才为己任

爸妈视我为天才时，据说我还不到两岁。那年春暖花开的时节，他们牵着刚会走路的我在郊外放风筝，傍晚回家时，又训练我的造句能力。老妈说："宝宝，你用五颜六色给爸妈说一句话吧！"

大概是白天的视觉刺激太过强烈，我脱口而出道："天上的风筝五颜六色。"我的话把爹妈给镇住了。他俩面面相觑，继而激动得泪光闪闪，"了不得啊！咱儿子刚会说话，就能用成语造句了。"

当晚，爸妈就根据我的天才表现对我的未来展开了无限憧憬。

于是，自打有记忆起，我就生活在水深火热中。老爸天天捧着速算练习卷、字词练习册追着我，不让我玩。老妈天天下了班押着我穿街过巷，奔波于书法班、绘画班、钢琴班、奥数班……

为了让我坐得住，爸妈让我每天晚上练一小时钢琴。一根长木棍就在琴台上放着，老妈进进出出干家务，只要琴声一停，木棍就往我手上打。上小学三年级时，我学会了使用录音机。有一天，趁老妈不注意，我偷偷录下自己弹的钢琴练习曲，此后一有机会，我就按下放音键，腾出手来玩变形金刚。可惜一玩起来太专注，我被抓了现行，免不了一顿训斥打骂。

虽然我依旧顽劣，但他们仍信心满怀地坚持一条原则：不抛弃，不放弃！

他们跟人"拼孩子"

小学毕业时，爸妈给我交了几万元择校费，让我读重点初中。

成为中学生了，我不再像以前那么顽劣淘气，却一如既往地不爱学习。爸妈急得愁眉不展，押着我去上一个又一个补习班。大笔大笔的钱花出去，买来的却是我在课堂上昏昏欲睡。

读初二时，我参加了校园小发明竞赛，设计的"手机用于汽车远程防盗"获得一等奖。从此，我迷上了发明创造。课堂上，眼睛盯着黑板，脑子里却净是奇思妙想：家里开窗下雨会进水，我利用感应器制造出刮风下雨时可自动关闭的窗子模型；学校搞各类竞赛买抢答器花费不小，我苦思冥想做出了造价低廉的单键抢答器。我沉浸在成功的喜悦里，爸妈却如临大敌，"天哪，你这是玩出花儿来了呀！"他们把我的发明砸个稀巴烂。

后来，他们不再打我骂我了，天天苦口婆心地对我讲道理："现如今，普通大学的毕业生都不好找工作，你不奔着名牌大学努力，哪有前途可言？"

任爸妈软硬兼施，我就是只对学习以外的事感兴趣：踢足球、打篮球，我是校队的主力；演讲、唱歌，我参赛就能获奖。只可惜成绩不好，他们看不到我的任何优点。

2005年夏天，中考结束后，爸妈打算花血本让我去省城读重点高中的自费班，老爸还打算在校外租房陪读。

我跟爸妈讲条件："去省城读高中也可以，放我自己去，不然，我就辍学！"经过一番讨价还价，他们终于同意我去学校住宿。

9月初，老爸送我到哈尔滨，办理好入学手续。他刚走，我就找班主任要求退学，一周之后，我去了哈尔滨一所中专职校，学习数控机床专业。此前，我已经跟好多老师探讨过自己的未来。有老师说："你心灵手巧，却偏偏不爱读书，比较适合学一门技术。数控机床专业前景很广阔，如果你肯放低身段，不愁谋不到生路。"

条条大路通罗马

我请了一位女同学扮演我的高中"班主任"，并将老师"新换"的电话号码告诉爸妈，以便他们随时掌握我的情况。做完这些，我在忐忑中开始了自己的职校生涯。

一天，我正在上实践观摩课。在操纵数控机床加工零件的噪声中，老妈打来了电话。我没敢接，发短信说在上课。老妈也回短信："我在你学校门口呢！"原来，她顺路来看看我。我在电话里结结巴巴搪塞道："我在上社会实践课，在一个挺远的社区服务站。您稍等，我马上往回赶。"老妈说："那你就别回来了。下次有机会再来看你吧！"

有惊无险，此后我们一直相安无事。

爸妈跟"班主任"的联系一直挺密切。他们听到的都是好消息：我学习很刻苦，成绩一直在不断提升。

学校里实训课程很多，但机床有限。我胆大心细，不耻下问，尽管在实践中不断犯错，但绝不出现重复的错误，老师每课必让我操作示范。寒暑假，我匆匆回家和父母一聚，便以补课为名返回哈尔滨，应聘到那些只重技能不要求资格证的小企业做车工、铣工，收入微薄也不在乎，只要能让我学到技术。有一次，我听见老爸对老妈感慨："学习的事真是急不得。你看咱儿子好像突然开窍了，现在都知道主动补课了。"

东窗事发是在我读"高三"那年秋天。那时，我已经开始了顶岗实习，吃住都在哈尔滨市郊的一家机床厂，同学们的实习工资是每月900元，我却在上岗两个月之后得到了技术熟练工的待遇：底薪加提成每月4000余元，工厂还要跟我签就业合同。正觉"春风得意马蹄疾"呢，老妈一个气急败坏的电话兜头浇来一盆冷水，"小祖宗，你这两年到底在干什么？赶紧回家给我说清楚！"

原来，为给我高考加油助力，爸妈买了一大堆滋补营养品托人捎到学校，并找到了我"班级"所在的教室。

知道真相后，他们无奈地接受了现实。老爸一声长叹，叹出了一句："唉！你本来有一双翅膀，不在天空翱翔，却放在锅里煮汤！"我嬉皮笑脸地凑过去，搂着他的肩膀调侃："老爸你要相信我，兴许煮汤更能品出美好的滋味！"

2008年秋天，昔日的中学同学纷纷成为大学生的时候，18岁的我却怀揣毕业证书、数控中级工资格证，应聘到了深圳一家外资企业。见习期结束后，我的工资由每月底薪2000元猛涨到了5000元，再加上奖金、提成，每月将近1万元。不久，我报名参加了湖南大学机电一体化专业的本科自考。拿到证书那天，我兴致勃勃地跟家里报喜："爸妈，我现在也是大学生了！"老妈嗤之以鼻道："清华、北大你不考，偏偏稀罕自考大学！"仅仅经过一年半，我由数控操作技工变成了设备工程处的技术员。

2010年6月，公司送我去德国进修，三个月后回国，年薪涨到了30万元。2012年年底，我通过考试取得了"高级数控工程师"资格证书，同时被提拔为公司技术部副总监，年薪50万元。

第一次，我在电话里听见了老爸老妈喜气洋洋的声音："儿子，你行！"

2013年春节，我把爸妈接到深圳过年。爸妈用电话向老家的亲友拜年，寒暄中，我听见老爸用深有感触的语调说："孩子有孩子的主见，咱不该把自己的意愿强加给他们，强扭的瓜不甜。只要能快乐生活，怎么活着不是活？"

唉，我的老爸老妈，终于活得越来越明白了！

师之大者

文 / [日] 黑泽明　　编译 / 李正伦

位于御茶之水的京华中学在大地震时被烧光了。

我去看了遗迹，暗自高兴，这回可不得不延长暑假假期了。

我这么写了，读者一定会觉得我这个家伙实在差劲。但一个成绩并不太优秀的中学生的实际想法确实如此，有什么办法呢？

我本来就直率得过了头。在学校里淘了气，班主任问这是谁干的，我总是老老实实地举起手。于是，这位老师就在我成绩表上操行栏里画个零。后来，班主任换了。我违反校规时，照旧老老实实地举手，可是他说承认就很好，在操行栏里给了我一百分。

那时我不知道哪个老师是对的，但是我喜欢给我一百分的那位老师。他就是说我的作文是京华中学创立以来最好的文章的小原要逸老师。

我还喜欢教历史的岩松五良老师，后来我同班同学的一位朋友在同窗会会报上发表文章说，岩松先生也特别喜欢我。

岩松老师实在是了不起。真正的好老师，并不摆为人之师的架子，岩松老师就是这样。他上课时，谁要眼睛瞧别处或悄声说话，他就用粉笔砸谁，所以他的粉笔很快就用光。这样一来他就会说："没粉笔上不了课啦。"笑一笑便开始聊天。他这种聊天却远比教科书内容丰富。他高超的教学本领，在考试时更显突出。考试时，为了监视学生，各个教室都派与考试课程无关的各位老师监考，学生知道岩松老师分到自己的教室，就会立刻欢声四起，原因是岩松老师不会监视学生。

如有学生为答不出题发愁，他就凑上去仔细地看那题。这时就会出现这种情况："这个你都不会？记住，这个呀……"他认真地和那学生一同答题。最后说："你还没明白？笨蛋！"

说着便把答案写在黑板上，"怎么样？这回明白了吧？"这样一来，什么笨蛋都明白了。

我的数学很差，但遇上岩松老师监考时，我准会拿百分。

有一次期末考历史，十个问题，全都是我答不出来的题目。

这次不是岩松老师监考，我一筹莫展。也算我的穷途之策吧，我只就第十题的"对三种神器作为皇位的标志，历代天皇继承的三种宝物，即八咫镜、天丛云剑、八坂琼曲玉，以前的历史学家把神话传说的这些东西作为正史中实际存在的宝物，并赋以神秘色彩，试述所感"，信笔写了三张答题纸。内容大致是这样的：关于三种神器，我听了许多论述，但从未亲眼见过，所以谈感想就未免强人所难了。以八咫镜为例，谁见过实物呢？实际东西也许是方的，也许是三角的。我只能说我亲眼见过的东西，只相信经过证明确实存在的东西等等。

岩松老师判完分数后，发还试卷时大声说："这里有一份奇怪的答卷。他回答了我出的十个题之中的一个题，可是很有趣。我第一次看到这样具有独立见解的答卷。写这个答卷的家伙有出息，给满分！黑泽！"说完，把那卷子捅给了我。同学们都瞧我。我的脸红了，动都不敢动。

从前的老师中，有许多具有自由精神、个性突出的人物。相比之下，如今的老师，职员式人物太多了。受这种人的教育，能管什么用呢？他们教的课干巴巴，学生感到没趣，就去看连环画册。这就难怪学生了。

我中学时代有小原老师和岩松老师，他们理解我，为了让我发挥自己的个性，向我伸出过温暖的手。我完全是他们一手培养起来的。

后来我进了电影界，山本先生（导演山本嘉次郎）堪称最好的老师，伊丹万作导演虽然没有直接指教过我，但我曾得到他热情的关怀和鼓舞。

我受过出色的制片人森田信义的栽培，也曾受过约翰·福特的褒爱。除此之外，岛津保次郎、山中贞雄、沟口健二、小津安二郎、成濑巳喜男等著名导演，都是我尊之为师的人，我都得到过他们的爱护与关怀。每当我想到这些人时，禁不住想高唱：

高山仰止，吾师之恩。

每个人的梦想屋

文／沈奇岚

　　第一次羡慕的一个同龄人，是好多年前的一个采访对象。那个女孩在她大二的时候，在上海最好的地段开了一个自己的酒吧。那时候上海的房租并不贵，租个小店面挺容易。让我羡慕的不是她的酒吧，而是她的合伙人竟然是她的妈妈。她支持自己女儿任性的梦想，陪她打造着这个小酒吧的一砖一瓦。她们一起去选酒，一起听摇滚，一起努力把心仪的摇滚乐队邀请来这个小地方演出。

　　那个女孩的确特别，她不需要太用功就能轻松得到最好的成绩。她成熟得很早，以至于和同寝室的女孩子们没有什么话题可聊，"她们聊的无非是什么系的几个帅哥，或者什么外企有什么高薪工作"，而她关心的是摇滚，是自由，是属于一个人的精神空间。

　　她想了一个星期，制作了一个酒吧计划书，找到了她的投资人——她的妈妈，说服她这不是心血来潮的玩笑，而是一件认真的事情。女孩很快办齐各种手续，把店面装修了起来。

　　她招店员、训练调酒师，一边学一边经营，酒吧做得有声有色，甚至上过杂志的推荐榜。

　　她没有想过用酒吧来发财，能维持经营就好。因为这个酒吧让她找到了她的"部落"——那些热爱摇滚的、白天又不得不打着领带去上班的人们。我记得那个酒吧叫作"My Way"。那个女孩说："我就想找个店完全按照 my way（我的方式）来实现。在这里，我有彻底的自由。"

后来那个开酒吧的女孩大学毕业了，她去了外地，于是就把酒吧关了。在北京看到她的时候，她笑着说："来看看我的服装店吧。"我很惊喜地在南锣鼓巷里逛了她的小店，那是她从世界各地淘来的美丽服装。小店的合伙人依然是她的妈妈，她们一起挑衣服，一起布置小店。开店就像她们的一个爱好，简直就像布置自家的后花园。我就知道，对她来说，她的店就在她的心里，在任何地方任何时候，都可以开。那是一路伴随着她的梦想屋。因为她是自由的，那个梦想屋就能长出翅膀，随她飞翔。

有一天经过复旦大学的时候，看到一家小小的咖啡馆，叫作"Hi-Story"，觉得很亲切。进去坐了一会儿后发现，老板是个学生。原来这个咖啡馆是几个志同道合的复旦学生的共同梦想。他们本来是聚在一起办了一份校园报纸，办报纸总需要找地方讨论选题，他们决定开一个自己的咖啡馆，这样不仅自己有地方讨论选题，还能招待各种好朋友。店名来自"历史"的英文"history"，办报纸就是写"history"，搜集各种各样的故事（story）。这个咖啡店就是让大家来分享好故事的地方。因为资金紧张，基本上是这几个好朋友轮流值班，或者他们的朋友过来顶班。菜单上有大家喜欢吃的三明治和自家烘焙的蛋糕。这份报纸在复旦颇有影响，所以咖啡馆的生意一直不错。可店主今年就要毕业去美国留学，其他的朋友们也即将离开复旦。或许这家"Hi-Story"会有一家硅谷分店，或许他们可以找到合适的师妹师弟，把这家适合好朋友们聚会的空间好好交托出去，或许从此再无"Hi-Story"咖啡馆，但是美好回忆永存心间。

一家属于自己的店，从来不会因为物理空间的消失而消失。

曾经看过一部电视剧，剧中有个老妈妈，一直梦想可以住在面对着大海的别墅里，阳台上有一个秋千，她可以在那里看书，看海，看夕阳。她的梦想到底实现了没有呢？

她给自己买了那个梦想中的秋千，放在自己狭小公寓的客厅里。每当朋友来拜访的时候，她就邀请她们一起来荡秋千，分享她的梦想。

　　"为什么要等到买了别墅再享受秋千呢？现在我就在我想要的梦想屋里。"她坐在秋千上，幸福地说。

　　有些时候，享受自己的梦想很简单。就算还没有完全实现，每个人心中都有自己的梦想屋。虽然地球那么有限，但无论梦想屋多大，世界从来不会因为梦想多而显得拥挤。

妍的故事

文/王小妮

妍有故事，这次讲两件：一是去麻风病康复村做志愿者，二是参加一次面试。两个都是热乎乎的故事。

曾经在微博上，我说：很多90后默默行动着，他们需要被知道。没一会儿，妍跟上来说：有时候需要的不是被知道，而是一种"相信"。

妍是湖南人，文弱的小姑娘，又是很有胆的小姑娘，文弱和有胆都藏在她那么一个小人儿身上。

刚进大学，连续两年她都在学生会里，当时非常想找到扎扎实实做点事的机会。曾经听班上的同学说到去麻风病康复村做志愿者的经历，开始妍没特别留意，后来听一个校外志愿者来学校做讲座，妍被打动。她说：我知道我现在最需要的是行动了。接着是报名、被选中和参加培训。

2012年的暑假，她和二十几个不同高校的年轻人一起去海南一个偏远的黎村，为那儿的麻风病康复中的老人们服务。她再三跟我强调"康复"两个字，因为那些老人已经痊愈，他们只是留有残疾，和他们接触不会被传染。

2012年10月的长假，她又和十几个同伴去住了7天。这事，她还没告诉妈妈，普通人对这种病往往有偏见。

妍两次去的村子是同一个黎村，据说岛上其他偏远山区还有类似的"麻风村"，有志愿者去过的只是少数。这些曾经被严格隔离不得离村的老人，在人见人躲的岁月中挨过几十年，长久地隔绝和孤独，没有后代也没亲戚。

妍一说到村里的阿丁婆就笑。老婆婆只会讲黎话，妍他们都学了些简单的词，比如用黎话数数字，还有吃饭、睡觉、吃药，平时常说的这些。

这个黎村比较远，从学校出发到村子里，又转车又徒步，要六七个小时。大学生志愿者都是用自己的钱付交通费和伙食费，在黎村做基本建设、清洁卫生和陪老人们聊天。没有额外的床，他们睡的是地铺，每晚抽签决定谁睡在哪个位置。买菜做饭都是自己动手，尽量简单清淡。热带海岛的夏天太热，睡前，他们挤到老人的吊扇下面去吹一阵风降温。

从妍的微博里，可以看到快乐的记录：

今天和阿婆交流无障碍啊，哈哈哈好开心。

好多好多想仔细写下的，没有时间。精神上的富足与安定，比起收获的，付出的太微不足道了。萤火虫在天花板上，睡前会抬头看看银河和星空，晚安。

其实等真正接触到阿婆阿公的时候，他们的残疾，根本就是平淡自然的事情了，就像爷爷安的假牙一样，没有了顾忌……

7 天比起 365 天来说，多短。阿丁婆指着相册里的男生女生用黎话对我们说，这个来过，这个没有来。

阿丁婆忽然心情好，来树下和没睡的几个营员一块儿坐着，一个黎话一群普通话，前言不搭后语地聊得好欢乐。我在一屋子横七竖八躺着的人中间趴着看，偷偷笑出了声。

晚会结束，好多人都哭了，然后喝酒醉倒大片女生。爬到屋顶看星空，还看到了流星。不过阿公阿婆也都没睡，不知道是被我们吵的，还是和我们一样的心情。

妍的同伴，也是我们学校的学生，这样写这次活动：

每一个仲夏夜里，躺在拥挤却完全生不起一点嫌弃的小屋里，总是看见闪着微微绿光的萤火虫在缓缓飘荡……也有一夜，我是躺在走廊里度过的，跟凯元、猴子、冬冬说了我的纠结，看着他们纠结地帮助我，我纠结中满是喜悦。

我好多次坐在阿丁婆身边看着她也看着的一片蓝天白云，猜测着她在想些什么。想了好久，我觉得她什么都没想，就是简单地看着那片天。所有的回忆不管有多么深刻难忘，怎么可能受得了几十年岁月的消磨，早已消耗殆尽。只有当她把目光放在我们这群从天而降的"天使们"身上时，才会想到一些。一天春玉翻译了一句话，我差点没忍住眼泪，"你们一走，这里又安静下来了。"

要走了，很想找点东西留念。阿公知道我想带木薯回去种，二话不说，拎着砍刀就砍了几节……回到学校，我找不到锹，就一个人拿把伞，踩着积水找了好久的栽植地。一只手撑伞，另一只满是泥巴的手攥着木薯，一个人静静走在校园里，什么也不想，我觉得我活着，活得那么真实。

他们把本来很辛苦的事，写得童话一样。所以，我相信妍的这句话：老人们从我们志愿者身上得到的，不如我们从他们身上得到的多。黎村的老人无保留地喜欢他们，那位阿丁婆会不管夜多深，都舍不得去睡觉，虽然听不懂这些年轻人在说什么，但是她要坐在他们中间听着笑着，这些大学生忽然发现自己也能给别人带去欢乐。

这个学期，妍的课不多，她想有更多的实践机会。上学期，她进了去台湾做交换生的候选名单，最后面试没通过。她怪自己胆子小，那次面试不够主动和外向，虽然那天她很认真地搭配了"青春学生"装：格子布衫，牛仔裤，帆布鞋，没想一到现场，发现很多去面试的女生穿职业装高跟鞋。

前不久，妍看到中山大学校庆活动筹备组招聘工作人员的启事，她想去试试。

面试的那天晚上，两个要好的同学帮妍打扮换装，给她编出蜈蚣辫，三人商量穿正式的白色裙装，配上从来没穿过的高跟鞋。妍习惯性地去背平时的双肩背包，被同学给拉下来。最后背的是皮包，跟别人借的。

全副武装的妍咯噔咯噔踩着高跟鞋，由她的两位"造型师"陪着去面试。没想到，那个晚上去面试的很多姑娘都是短袖衫牛仔裤，妍感觉那晚上的自己好不同。

关于这次招聘，她在微博里说：穿上小裙子，蹬个高跟鞋，这种感觉真爽，像换了个自己，顿时气场就出来了。谢谢你们，让我找到自己都新奇的我。无论成功与否，这个晚上都是这么有意义，让我在那个曾经失败的地方好好骄傲了一把。爱你们，要一起，发出自己的光，看更好的世界。

上面的事都发生在 10 月。进入 11 月，妍已经去上班了，眼睛闪闪的。她告诉我，买了第二双高跟鞋。

也恰好在那几天，我接到妍同班另两个同学打来的电话，他们刚刚去应聘一个网站的文学编辑：老师，我们成功了！在电话里，听到背景里全是汽车喇叭声。

他们都是大三，还不必马上为谋一份生计而着急，他们需要的是行动和参与，在这过程里发现和肯定自己。现在，我慢慢理解了妍微博里的意思：不必知道他们都做了哪些，但是要相信他们会做。妍啊妍，这一刻我相信。

活在生活中

文／Meiya

　　昨天晚上和女友去小酒馆坐坐，看到在小酒馆的墙上贴着一张海报：一个大学毕业生要去西藏、尼泊尔、印度 Gap Year（间隔年），希望得到陌生人的帮助，大家可以在淘宝上买他做的明信片，15 元一册。我和朋友都觉得按照这种方式真的无法实现 Gap Year，而且更让我困惑的是：既然根本没有能力去 Gap Year，为什么非要去 Gap Year 呢？

　　最近这两年，Gap Year 火得一塌糊涂，好像一个人没有去 Gap Year 过，都不好意思说自己是个热爱生活的年轻人。

　　前段时间豆瓣网上有个北京的朋友给我写了一封信。他刚大学毕业，然后开始"穷游"，在路上走了一个月，"经常要联系沙发，有的时候要露营，觉得自己真的是在流浪，而不是旅行。天气冷了，经

常半夜冻醒，每到那时我就问自己：我为的什么呀？风景早就不是我关注的重点，我开始乱了，我觉得自己就是在瞎折腾，我以为通过这次行走，我可以成长，但是我好像一直在原地踏步……我不想回家，不想面对工作、生活，我觉得恐惧，我还没有做好准备……"

我很担忧他，如果你用旅行的方式逃避现实生活，逃避工作上的压力，生活必然也会远离你，甚至给你重重的一击。西藏骑行纵然辛苦和不易，但是跟人生中其他的挑战诸如干好一份工作、找到一个爱人、赡养年老的父母相比，它并不更难，更糟糕的是有部分想骑行的大学毕业生其实并非热爱旅行、享受骑行，也没有骑行的身体素质和技能，仅仅是因为盲目跟风，渴望刺激与不平凡，以及希望获得他人关注、称赞的虚荣心理作祟。

我在西藏和云南旅行时，就曾遇到那些根本没有条件做这些事却仍要坚持，退学、辞职，向父母要钱，向同学、朋友借钱来旅行的驴友，甚至嘲笑反对他们骑行的父母，说他们没有梦想。尽管他们有热血青年的动人模样，我却觉得他们不仅不成熟不懂担当，而且非常浮躁、虚荣和自私。

一个大学毕业生当然可以去 Gap Year，但一定要为自己的行为负起责任来，如果在 Gap Year 中不仅能欣赏路上的风景，还能不断累积和增强自己的社会生存能力，思考自己的人生价值，以及未来生活方向，那是非常有益的一段人生经历。

一个心怀梦想的人是可爱的，但为了所谓的梦想，残忍地伤害家人和朋友，则是可耻的。实现梦想的方式如果不是建立在自己脚踏实地、自强不息、努力奋斗的基础之上，我们的梦想则是虚弱和空洞的，我们的人生同样也是虚弱和空洞的。

一个成熟而有力量的人，意味着能够独立思考，不狂热不盲从，不会被大众媒体轻易忽悠；意味着价值观的开放和提升，能够包容和接受多样化的价值观，而不是当别人与他的价值观不同时就散发出扬扬自得的优越感；也意味着对梦想实现的方式和手段有比较清晰的认识，能够依靠自己试图去将梦中的世界变为现实，而不是用"追求梦想"的方式逃避着所有现实和生活的风雨，把梦想当作一个温暖的藏身洞穴，更不是让父母或者身边的朋友为自己所谓的梦想埋单，承担痛苦。

作家吴苏媚说："旅行不是现实生活的对立面，旅行就是生活的一部分，只是换了一种生活方式。生活是不可能被逃避的，就像一座大山，'横看成岭侧成峰'，如何去面对它，有着不同的方法以及位置、角度。"

有的时候我们爱得深爱得痛仅仅是因为没有得到，迷恋远方仅仅是因为还未到达，厌恶故土仅仅是因为待得太久，热爱梦想仅仅是因为还未实现，追逐激情仅仅是因为害怕平淡。

因此我常常在心里告诫自己：不要逃避生活，不要害怕生活的平淡，不要被这些生活的假象所欺骗，要永远直面生活；在日常生活中永葆好奇之心，能够创造快乐，书写不同，跟随变化，对抗得了生活的疲惫与厌倦，以及能够欣赏细微、简单之物的美好；如果你说生活欺骗了你，其实是你从未真切地活在生活中，而是活在自己对生活的想象里。

向熊孩子学习

文/柏 戚

你做过最 cool 的事

Kimi 年龄不详，看样子不会超过 18 岁。遇见他是在地下通道里，他常和他的朋友们在一处楼梯旁的空地上跳街舞。他穿肥大的衣服，梳一边长一边短的头发。

那年我 23 岁，工作两年，有一个交往三年的男朋友，准备结婚。心底里自己还是个在校园里读书的女生，叫放之于现实，我没有理由否认自己已是个成年人的事实。周末要和男友为新房选灯具，还要带着母亲的各种条件和未来婆婆砍礼金，我感觉要溺死在排山倒海的恶俗里。

所以，每每遇到 Kimi，我都会停下来看一会儿，因为他和他的朋友们，有种我熟悉而又怀念的气息。

一次他跳舞时，突然走过来说，姐，你来了。我有点意外，不确定他在和我说话。他向我身后努努嘴，一个男人走得飞快。Kimi 说他刚想偷你包呢。

为了表示感谢，我说请他和他朋友去吃麦当劳。Kimi 大概是要拒绝的，但他身后一个很胖的男生给了他一脚，他就答应了。之后我才知道这一脚的含义，他们已经很久没有正儿八经地吃过饭了。他们是一个八人的辍学小舞团，没有家里的资助，只靠少量商演度日。他们最大的梦想，就是去参加 Juste Debout（国际街舞大赛）。

我不想打击他们，可一个排练场都没有的小屁孩舞团，想要在全球顶尖街舞大赛上拿到奖项，这帮熊孩子，还真是敢想。

Kimi说，他自己做过的最cool的事，就是翘家，成立了舞团，不要家里一分钱。然后他问我，做过最cool的事是什么。

我衔着吸管，想了想，没有，一件都没有。

23年来，我沿着一条没有岔路的大道，笔直前行，考学，工作，恋爱，结婚，从没走错过一步。

后来，我在2007年4月离开了大连，上机的前一天晚上，我去地下通道里找Kimi。但他和他的朋友都不在，我有点遗憾。事实上，我不只是想告别，我还想告诉他，我做了目前的人生中最cool的一件事——我翘婚了。

Nut的味道

Nut是星巴克的店员。

那时我刚转战到上海，在一家美资企业做行政助理。有过小主管的工作经历，再做这个职位，怨念和不甘，多少还是有的。

每天下午3点，我都要帮全办公室的同事去星巴克买咖啡。Nut是北方人，做事慢悠悠的，讲话有学生特有的腔调。

后来等咖啡的时候会聊聊天，他说，他特别热爱咖啡文化。他来星巴克是为学习先进的咖啡店管理技术，以后自己准备开一家咖啡店。我听了，笑而不语，小孩子就喜欢为面子夸张。一台咖啡机就要8万块，买得起还用来这儿学经验吗？

Nut在星巴克做了三个月，辞职了。以为不会再见到Nut了，可是在年底公司的答谢酒会上，一位山西的煤老板带着他的儿子来参加，没想到竟是Nut。

从那天起，当我在复印间里接受辐射与噪音的时候，心里的怨念和不甘开始消退了。取而代之的，是 Nut 慢悠悠泡咖啡的样子，咕噜噜的，满室醇香。

一个可以提着一麻袋钱去车展买车的熊孩子，都能为自己的目标由低做起，我心里那点纠结，也就散开了。

其实，人拥有的越多，才越会从容不迫。

不可思议的自信

周简是公司的实习生。

那是 2010 年，经历过经济危机和裁员潮，公司里每个人做事都小心翼翼，并且自下而上地，吹拂着谄媚之风。

周简是实习生里最具生机的一个。在得知公司有周五便装的规定之后，周五那天她像圣诞树一样出现了：粉色雪纺衫，橄榄绿粗跟配明黄糖果包。

我把她叫进小会议室，和她讲解"打扮减法"的时尚法则。周简认真听过之后对我说，董老师，你知道公司需要增添什么吗？就是增添新风尚啊。如果我们还用老人那一套，就不行了。

"老人"这个词把我激怒了。后来想杀杀她的锐气，把那些牛到天上的客户名单，让她一个一个打电话。

不会忘了她第一次被客户骂的表情。我问她，怎么了？

她说，没事，她骂我了，但她总有一天会求我。

可以想象，实习期结束，周简没能留下。她收拾东西离开那天，我一直在开会。下班的时候，才看见办公桌上放着一张卡片。是周简留下的，她说，董老师，我不能在你手下工作，是我的遗憾。但，我没能留下是公司的遗憾。谢谢你教会我很多事。也许在将来，我们会成为合作伙伴。

真心不知道她不可思议的自信是从哪来的，但不可否认，我在与这熊孩子共事的半年里，耳濡目染了些霸气。比如不久之后，和老板讨论升职这个敏感话题时，我拍着桌子说，除了我，你没有别的选择。

于是，我在一众以献媚为荣的生物中，脱颖而出。

错过的美景

只记得他 21 岁，姓范。

我和 M 在华山脚下遇见了范。M 是我的现男友，同在一栋大厦里上班。一个月前，M 向我求婚，以失败告终。我们决定用旅游的形式修补感情。

范在登山的人群中相当惹眼，因为左臂打篮球的时候摔到骨折，吊着绷带。我和 M 感叹，真是不知死活的年纪。华山每年都有摔死的记录。四肢不全，还敢单独来爬。范笑言，你们老夫老妻，哪知道一个人的自由。

M 纠正他，错，我至今还没有机会品尝到不自由的快乐。

我不答应 M，不是因为他不好，而是心里总忘不了 23 岁时的挣扎，不想再被一枚婚戒圈死在困顿里。

那天爬到半山，天就已经全黑了。山风刺骨，不得不租军大衣御寒。我爬不动了，M 留下来陪我。我劝范说，你也别爬了，一个人，手又不方便，太危险。

可范却拿出华山论剑的腔调，抱拳说，就此别过师兄师姐，日出胜景，小弟代领了。

从此，再没见过范，只是在回到上海时，收到范发来的照片。有日出的瑰丽，也有我和 M 的结伴合影，最后一张黑漆漆的，我和 M 裹着军大衣，臃肿地挤在一起，像一对冬天的浣熊。

范在 E-mail 里说，师姐，我要是因为受伤就不去爬，这些美景就错过了，而你已经错过了日出，千万别再错过师兄了。

2013 年 5 月，M 如愿以偿，我们办了短小精悍的电影主题婚礼。我站在怀旧的光影里，忍不住想起那一个又一个的熊孩子。

其实，很感谢他们不经意地出没在我的人生里，让我在墨守成规的世界中，时不时冒出一点干点什么的勇气。

像所有年轻过的一代

文／林特特

表弟卫，90后。

自小学五年级起，为了挣零花钱，他就承包了自家和亲戚家的废品出售。

升中学，他曾问我，是否能用知识换取财富。中考，他英语满分，暑假开始做家教，学生分别是同学的堂弟、妈妈同事的儿子、同班女生夏某。

第一次高考，他作文离题，分数只够上普通本科。收到录取通知书，他便扔进垃圾桶，亲戚们苦口婆心地劝，他不为所动，只说：好大学、好专业、好城市，符合三者中的两个，我就去，但现在，显然不。

"他对他的人生是有思路的。"那天，我转过来劝那些反对他复读的人。

"你知道，与其痛苦四年，不如辛苦一年。"他后来说，"做自己不喜欢的事？学自己不喜欢的专业？"他对着空气"哈"了一声。

这时，我对着他的书桌。

桌上一摞参考书，一支笔拔了笔帽横放在数学试卷上。

球鞋、脏袜子、墙上的球星海报都在提醒着我，这是多年轻的一代。我不想驳斥他，只腹诽："无数你不喜欢的事在前面等着你。"

少顷，他的手机响。

铃声很熟，是 Beyond 的《海阔天空》。如果我没有记错，Beyond 的主唱黄家驹去世时，他才出生。我疑惑："你？这种古董级的歌？"

他着急出去，只撂下一句"Beyond 是我的精神导师"。剩我一个人在房间，这儿摸摸，那儿看看，竟发现一个蓝色的手抄本。

是他的字，满纸海子的诗。

"从明天起，做一个幸福的人，喂马，劈柴，周游世界。从明天起，关心粮食和蔬菜……"

我感慨万千——

Beyond、海子，那不是我们年少时的精神食粮吗？将时代的烙印遮去，诗意、激励的青春如此相似，一代又一代，都这样长大。

这一日，在办公室，实习生小孟递给我一沓文件纸。

我发现里面夹着一张她随手写的便条，便条上有算式，一边标着"机票＋住宿"，一边标着"代购"。她刚去了趟澳门，回来后，仔细分发各位同事拜托她代购的种种。

小孟今天先走一步，理由是她业余在某乐队做鼓手，今晚演出，关于怎么想起来打鼓，她说："喜欢就做喽。"

"喜欢就做喽"，这也是卫的口头禅。

如今，他如愿在某著名大学学设计，前几天打电话给我，"有需要封面设计的吗？"他正四处投稿，和小孟一样，他们都很有主见。

慢着，便条背面还有字——

小孟写："一年之内""过雅思"，"去一个陌生的地方"，"业精于勤荒于嬉"……呵，满满的人生规划、自我鼓舞，一如我们 20 岁时。

"从明天起……"我又想起卫的 Beyond 和海子了。

他们是一代人，像所有年轻过的一代。

为一个黑夜的流浪天堂

文/华　白

一

如果要说天堂，得从我们的母校五中开始。在她的旁边有一个小火车站，如果要去对面街道的网吧或者台球室，总要穿过火车站的几条轨道。我和陈韬经常在两节晚自习之间的二十分钟里，穿过轨道，到小站的台球厅。开球，击球入洞，清台……谁输谁埋单。时间有时还来得及，就会喝杯冰豆沙再走。

可有一次，我们在那铁轨上栽了。

高三夏天的一个晚上，我和陈韬照例在第一节晚自习后出发。铁轨上居然停了一辆客车挡住了我们的去路，一打听，是因为晚点一小时。客车有几节车厢的车门正打开着，没有人检票，我们打算穿过车厢到小站的另一边去。没想到刚上去，几个工作人员就把车门给关上了。火车就这样启动了，我和陈韬像电影里那些被关进牢房的囚犯一样拍打着车门，没人理我们，只有几个乘客同情地观望。

二

我们身上一共带了打台球和喝冰豆沙的二十元钱……为避免引起乘务员的注意，我们躲到两节车厢间的吸烟处看风景。

我们想象班主任见到我们旷课的表情，然后彼此打气没什么大不了的，不就是一节晚自习吗……两个人都装着毫不在乎的样子，可说了一会儿又不知道还能说些什么来掩饰心里的胆怯。十点多了，陈韬叫着该下晚自习了。吸烟处剩下的那个独自吸烟的青年有点惊讶地看着我们。

青年用一支烟认识了我们。他递了支给陈韬，却没有递给我，估计是觉得我的样子太嫩。陈韬很熟练地接过烟，用力抽了一口，随口说了句让我刮目相看的话（事后陈韬承认当时被烟熏得想流泪但忍住了）："哥们儿，这烟不错，有劲。"就这样，陈韬、我还有那个自称"龙哥"的社会青年成了患难之交，说是患难之交是因为那青年告诉我们他也是只逃票不买票的主。他听了我们意外上火车的事后，笑得嘴里的烟掉到地板上两次。他的目的地也是下一站衡阳，我们请他把我们免费带出站。他拍了拍胸脯答应了。

我们三人坐在龙哥的那个花花绿绿的塑料包上。陈韬说，龙哥像你这种走南闯北的人一定有很多经历吧，讲一些给我们来学习学习。龙哥的眼神顿时发光，掏出烟一边抽一边讲……

第一支，龙哥刚到广州的那几年一直在火车站倒票，后来因为和另外一个倒票团伙打架就没有干了。他顺便展示了手上一条长长的伤疤给我们看，我没出息地惊叹了好几声。陈韬也撩起袖子，露出了胳膊上一条不很短的伤疤给我们看，说是在学校与几个混混冲突的战果。我又惊叹了一声，因为我记得那是他打篮球时在女生面前显摆胯下运球摔出来的。

第二支，处了个女友。龙哥边说边唏嘘，那女孩叫他去学门技术，以后好养家糊口。如果听了她的话现在就不会是这样了。他问我们有没有女友。我俩狂摇头，龙哥不信，追问之下，我们告诉了他。当时我们俩喜欢的是同一个女生，而在发生这件上错车的事件前，我们约好了高考后公平竞争。这是我们心口永远的痛，陈韬总是这样说：我们的约定很可能是在为其他人让道。而我说服他的理由就是：小沐那么轻易就让其他人追到的话，那就不是小沐了。小沐是一件美丽的旗袍，我们还没有资格穿。

不知不觉凌晨一点多了，龙哥靠在包上睡着了。我不知道为什么开始想家。我推了推倚着车壁的陈韬："万一回不去怎么办？"他望着窗外，阴险地笑道："如果你回不去，我就替你照顾你爸爸妈妈，还有小沐，还有你的那些球衣什么的……"我顺他的目光看去，火车正开过湘江大桥，江面上还有星星点点的渔火，我告诉陈韬其实住在这些渔船里也挺好的。陈韬没有回头，回答道："如果我不去读大学的话，我就要像这样在每个黑夜流浪……"我没有理会陈韬的梦话，因为他不大可能不去上大学，即使他肯，他那被时代耽误了梦想的老爸死也不会肯的。陈韬是我们美术指导老师的得意门生，那老头早就放言陈韬是中央美院的准学生。

陈韬看了看我，又看了看睡得很死的龙哥，突然提议这样的夜晚如果不唱歌就浪费了。他坚持要唱 Beyond 的《海阔天空》。陈韬一直很喜欢黄家驹，他老是夸口以后一定要去一次香港，因为黄家驹，哪怕只有他的墓。

原谅我这一生不羁放纵爱自由，也会怕有一天会跌倒

背弃了理想，谁人都可以，哪会怕有一天只你共我……

陈韬唱着唱着，然后又看着窗外沉默了。我一个人唱累了也就睡着了。陈韬好像一直没睡，因为车到站我醒来时他还在看窗外。

三

终于，车停站了。下了车，龙哥带我们绕开检票口，从车站的一条小路口出了站。

大家要分手了。我们很难为情地告诉龙哥我们身上只有二十元钱，龙哥一副为难的样子，背朝着我们蹲下，在那个塑料袋子里翻了一会儿。我看见他犹豫了一下，然后才转身递给陈韬一张票子，拍拍陈韬的肩膀说："这点钱给你们，你们往北边走，就可以看见汽车站了。"陈韬有

点不好意思地接过钱，说龙哥你一定要留下地址我们以后还你。龙哥摆了摆手笑了笑说不用了，不就是一百元钱吗，以后有缘再相见。陈韬朝龙哥消失的方向看了很久。

陈韬告诉我龙哥那塑料包里尽是些零钱，而最大的一张给了我们。

苦难终于到了头。回到了学校，周围的同学没有人问我们去哪里了，连好奇的眼神都没有，他们埋着头没有时间来问我们。可是班主任那里却逃不掉。在办公室里，我们告诉她我们被火车带到衡阳去了，她当然不相信，声称要打电话叫我老妈和陈韬老爸来学校。我们马上老老实实地说是到网吧上通宵去了……

两个月后，我参加高考，考上了武汉美术学院。有一次在汉口解放路天桥上，碰见了卖窃听器的龙哥，我很亲热地和他打了招呼，和我一起出来逛街的女朋友用惊讶的眼光瞅了我许久。

陈韬在高考前消失了一个月，他没有告诉我去了哪里，只是从背后的画夹里取出了很多画，都是些夜色里的画面。陈韬的眼神，看着这些画就像在望远方一样。最终他考上了香港中文大学美术系。

有一天晚上通宵，百无聊赖地打开偶尔用过几次的邮箱，惊讶地发现里面有陈韬发来的邮件，还有他的照片——他在一个街头吃大排档，背后是一群穿着黑衣的人在打架。他说，别误会了，只是碰巧遇上了剧组在拍外景，就照了张给你看。还记得叫小沐的女孩吗？他说他带她去了黄家驹的墓前，在铜锣湾的那座山上，在冷冷的夜里唱我们那夜的歌。

"你知道吗？"他的最后一句话，"那夜是我们的天堂，让我第一次明白了流浪，明白了生命其实可以很广阔很无边，第一次让我知道了我原来还有梦想……"

梦想，他居然做到了。我在电脑前看着他的照片，忍不住笑了。

阿弟，你慢慢跑

文／路　内

一

阿弟吴双峰生于 1985 年。

他自小多病，稍微长大一点后，可以看出是一个吊眼梢、翘嘴唇的男孩，皮肤黝黑，并且是个骈枝，左脚有 6 根脚趾。小时候我和阿弟坐在家门前的台阶上数脚趾，我有 10 根脚趾，阿弟数来数去都是 11 根，他的翘嘴唇包不住口水，全都流在了脚趾上。

小时候，阿弟在家备受宠爱，吴家三代单传，只得这一个男丁，理当如此。可是，每次爸妈单位有外出旅游的机会，带上的都是我，美其名曰"双峰年纪还小"。

六趾跑不快，阿弟 5 岁那年动了个手术，将骈枝切除，不料医生说：阿弟不但是个骈枝，还是平脚底，即使动了手术也还是跑不快。从小到大，我无数次看到男孩们欺负阿弟，阿弟抢着他那两条曾经骈枝永远平足的腿狂奔着，眼泪和口水向身后飞溅。

阿弟的童年时代是在一片悲惨中度过的，直到小学五年级，他的翘嘴唇还是会令口水滴在作业本上。我小时候听到最多的就是家里人对他的呵斥："双峰，把嘴巴并拢！"由于自卑和怯懦，阿弟的成绩当然也好不到哪里去，偏偏有几次考得还不错，被老师诬赖为作弊，告到家里挨一顿暴打。阿弟哭得天昏地暗，无论如何解释也没用，其解释又继续被误读为撒谎，最后他对我说："姐姐，我认命了，随便吧。"那时候他才 12 岁。

阿弟初中毕业，想去考个烹饪职校之类的，这对我们家这种书香门第是个巨大的精神打击，在家人的坚持下，阿弟到底还是念了高中。以他的烂成绩，想考大学比登天还难，头一年高考他考出了 217 分的"优异"成绩，全家傻眼，第二年复读总算考取了上海的一所烂学院。

阿弟在高中时代发育成了一个胖子，又是近视眼，戴着一副铜绿斑斑的金丝边眼镜，样子很矬。别人家的男孩，总有一点课余爱好，阿弟却是标准的生无可恋，他不爱看书也不爱运动，甚至连电视和游戏都不碰。我不知道他的人生有何乐趣，直到有一天晚上，我在新村附近看见一群男孩女孩，围着一个倒地不起的人，大喊道："奶茶！奶茶！""奶茶"是阿弟的绰号，我走过去一看，真是他，已经醉得不省人事了。我无法相信，我的亲弟弟在 18 岁时就沦为了一个酒鬼。

我大学毕业后在一家时尚杂志社上班，这期间阿弟上大学。有一天他告诉我，他参加了学校的足球队。我实在想象不出他在绿茵场上飞奔的样子，后来才知道，为了让足球队长收下自己，阿弟把价值两千多的三星手机送给了他。

后来我去看过他们踢球，一群高矮胖瘦的男孩在胡乱踢球，阿弟穿着我送给他的曼联 7 号球衫、耐克足球鞋，分外醒目。在这烂操场的边上永远会有一些女孩子充当啦啦队，我听到她们说："那个 7 号还挺拉风的。"

那是阿弟的黄金时代，他瘦了，练出了一身肌肉，戴上我送给他的白框眼镜之后，吊眼稍也不那么明显了，甚至他的翘嘴唇，他告诉我："别人都说我的嘴唇和捷克队的前锋巴罗什有点像。"

二

那时候我不住家里。有一天，我妈告诉我，阿弟有女朋友了。

那是个四川女孩，叫卢勤勤，比他高一届，是个瘦而苍白的女孩，还算漂亮，很懂礼貌。她身上有种凄愁的味道，与她的年纪很不相配。

后来阿弟跑来找我，非常苦恼地说："爸妈不同意我和卢勤勤谈恋爱！"我问为什么？阿弟说："他们说，卢勤勤家太穷了，而且是外地人，她就是看中了我们家有钱。"我嗤笑道："我们家有钱？真是没见过有钱人啊。"阿弟说："爸妈也是这么说的！"

我很严肃地问他："如果卢勤勤真的是为了钱呢？"阿弟说："不可能的，我有什么钱啊，外面有钱的多着呢。"我说："人们在相爱的时候，能真正忽略金钱的，其实很少很少。"阿弟说："她要是个上海人，你就不会这么怀疑她了！"

谈恋爱当然是要花钱的。有一天，卢勤勤叹息说："我们太穷了。"阿弟心中一片凄凉，独自回家时看见一辆采血车。阿弟想，今天豁出去卖血。他钻进汽车，对医生说："抽两百。"医生帮他抽完了，阿弟说："给钱。"医生像看疯子一样看着他，指了指车上贴着的标语，"献血光荣"。

阿弟拿着一罐牛奶回到了学校，他对卢勤勤说："这是我卖血挣来的牛奶，我本来以为会有钱的，结果是献血车。"卢勤勤对他说，双峰我要爱你一辈子。

卢勤勤大学毕业后在一家公司做助理，月薪 1500 元。阿弟也开始拿着简历找工作，可是，社会对阿弟这样的人连欺负的兴趣都没有。很长一段时间，他在各种公司之间徘徊，面试、实习、混几个月、回家。

有一天我问他："你到底想做什么工作呢？"阿弟说："我想去考警校。"说实话，我完全没把这件事当真，因为阿弟的人生非常可怕，任何理想和目标，只要他说出来，就必然会落空，简直像是挨了诅咒一样。

卢勤勤是个非常上进的女孩，很快就在公司里站稳了脚跟，业余还做兼职瑜伽教练，一个月的收入加起来竟有七八千，很快就租了一个两室的老公寓。

三

卢勤勤的父母来到了上海，那天阿弟让我开车带着他去火车站接人。吃饭时聊家常，知道他们都是下岗职工。卢师傅是个木讷的中年人，卢师母比较健谈，不时笑眯眯地看一眼阿弟，显然很喜欢他。

那阵子阿弟开始把家里的东西往卢家搬，用不上的钢丝床，柜子里多余的被子枕头，一应油盐酱醋。有一天我妈找不到菜刀了，问了才知道是阿弟给顺走了。

我看着事态的发展，估计阿弟的婚期不远了，木已成舟了嘛。

没过几天，阿弟却灰头土脸出现在我眼前，说："卢勤勤有别的男人了。"我有点吃惊，同时也觉得没什么好吃惊的。

阿弟说，这事还是卢师母说的，卢师母看来是真心喜欢阿弟，偷偷告诉他，最近有个男的经常送卢勤勤回家。阿弟一时气苦，跑到瑜伽馆门口去打埋伏，果然看见一个男的陪着卢勤勤出来。

崩溃的阿弟没能鼓起勇气冲上去，他回到家，把自己灌醉了。

那晚，我去找卢勤勤。卢勤勤解释，那个男的是她公司销售部门的主管，也在这家健身房健身，看到卢勤勤在教瑜伽，就过来和她搭讪。她不想让公司的人知道自己在做兼职，无奈陪着此人喝了几次咖啡。男的自然也有点追求她的意思，只是还没挑明，末了她说："我觉得自己是做得有点过分了。"

我说："也不能这么说，这种事情谁都会遇到。我只是希望，如果有一天你放弃了我弟弟，请你不要伤他太厉害。"卢勤勤说："我好喜欢双峰的，就是觉得他太幼稚了，什么事情都靠不上。"我看了看她家里那些物件，叹息说："他已经很努力地让你依靠了。"卢勤勤摇头说："我不是要这些，我希望他能有前途。"

我问卢勤勤："那你到底决定怎么办呢？"她说："双峰说要去考警校，我想，无论如何都等他考试以后再做决定吧。"

阿弟和卢勤勤的关系，被这件事维系住了。警校考试分为文化考、体能考和面试三项，阿弟的任务就是努力复习功课，锻炼身体。

四

可是阿弟落榜了。据说，落榜的原因是他太专注于肌肉锻炼，但警校的体能考试偏偏是 5000 米长跑，比的是耐力。

我感到，卢勤勤和阿弟之间是不会长久的了。

是阿弟伤害了卢勤勤。有一天他们在一起，为了一件小事争吵起来，阿弟大吼道："你去找那个销售主管吧！"女孩当街甩了阿弟一个耳光，跳上一辆出租车消失了。

这一天夜里阿弟忽然大哭起来，全家惊醒，爬起来劝他，还打电话叫我回家。阿弟对我说："姐姐，我心里难过死了。"

和卢勤勤分手后，阿弟被几个朋友撺掇，开了个奶茶店。我去了一次，小店有声有色，阿弟亲手给我做的奶茶也比街上的好喝。看着他在柜台后面娴熟地操作着，我终于感到一丝安慰。然而，开车回家时，我观察到周围一公里的街面上至少有 10 家奶茶店，我的心轰的一声又掉进了海底。毫无疑问，店亏本了。

有一天阿弟独自坐在店里，黄昏的阳光照着街道，他看到卢勤勤出现在眼前。卢勤勤说："一杯奶茶，不要加珍珠。"她也认出了他。卢勤勤说："吴双峰，你现在在奶茶店打工吗？"阿弟说："我自己是老板。"他看到卢勤勤穿着一件紫色的防辐射服。

卢勤勤说："我怀孕啦。"

阿弟说："你和销售主管结婚了吗？"

卢勤勤说："没有啦，我已经辞职了，和一个台湾人在一起。我就住在这附近。"

阿弟说："你怀孕了，不要喝奶茶，对身体不好的。"

那天阿弟骑着自行车把卢勤勤送回了家。分手时，卢勤勤说："双峰，我在你人生最错误的时候认识了你，真是运气坏透了。"阿弟沉默，卢勤勤伤感地说："你记住了，我是你遇到的最好的女孩，你是我遇到的最糟糕的男人。"就这样，阿弟惘然地看着她缓缓走进了楼里。他回到奶茶店，想了想，拔掉了所有的电源，拉下了卷帘门，宣告奶茶店破产。

阿弟再没有见过卢勤勤。

五

此后，家里托关系让阿弟在一个公司做后勤保障，有几个女孩子在追求阿弟。我对阿弟说，适当的也可以找一个了，毕竟他也 24 岁了。阿弟说："等我考上警校再说吧。"

为了这次考试，阿弟戒了酒，每天复习功课，跑步健身，并且动手术治好了近视眼。我感觉到，阿弟的霉运好像走到尽头了。

他顺利地通过了体检、文化考和面试，最后一关是跑步，依旧是5000 米。

那天我陪阿弟去了考场，他有点紧张，做准备的时候，他从包里拿出了一双很旧的跑鞋。我说："我送给你那么多好鞋都不穿。"阿弟说：

"这是卢勤勤以前送给我的，分手后一直都没穿，以后也不会再穿了。"我说："好吧，你好好跑。"阿弟说："我跑个第一名给你看。"我说："你只要达标就够了。"

他走上起跑线的时候，又回过头来对我说："我真的跑第一给你看。"

天上下起了细雨。20个男孩在跑道上移动。领跑的是一个细瘦的男孩，看身材明显是跑步的料子，比阿弟那臃肿的肌肉男匀称而轻捷。

细瘦男孩跑得像一头羚羊，逐渐甩开了后面的人。他的姿势非常好看，跑过我们身边的时候，还不忘记朝他的父母挥挥手。而阿弟神情严肃，脸上沾满了雨水，他甚至都没有看我一眼。

半程以后，我发现阿弟跟在细瘦男孩身后5米，而其余的人已经被甩出去小半圈了。雨下得有点大了。我看着阿弟在雨中奔跑，好像是把人生中所有的遗憾都扔到了远处。我对着他的背影喊道："阿弟，你给我跑个第一出来！"

亲爱的弟弟，世界是很简单的，只要你跑得够快够远，对吗？

冲刺阶段，阿弟紧跟在细瘦男孩的身后。我们等待着这最后的时刻。在距离终点还有10米处，阿弟超过了他。

我已经看不清阿弟的表情。

一种青春，两种命运

文/彤 彤

她和我，是发小，在同一所小学、中学读书，又双双高考落榜。落榜后，我去姐姐开的花店打工，她呢，去药店当学徒，是她父亲托人给她找的工作。

我不甘心做卖花女，想去上海闯闯。她也不想做药店学徒，却更怕"麻烦"：没一技之长，除了这份现成的工作，还能找到什么事做呢？更别说去那么大的城市，连落脚处都没有，在这里万一遇到什么事，起码有很多人可以帮忙。

她说的都有道理，但我还是要走。我来到上海，挑了一家顺眼的饭店做了第一份工作。

每天上午10点，我就要站在一堆小山似的碗盘后面，不见天日地刷啊刷，一直刷到晚上12点。几天下来，手被劣质洗洁精浸泡得发痒、溃烂……

春节回家，第一件事就是去找她。我把在上海的吃喝拉撒细枝末节全说完了，她才意犹未尽地感叹：真好玩！又庆幸：幸好没去，要是我，真难以承受。

她在药店上班，很安稳，家里已经在张罗着给她找对象了。

过完春节回上海不久，我跳槽做了一名库管。当库管整天坐在那里实在无聊，我就报了中文专业的自学考试，每日早上 5 点就起来背书，晚上看书看到 11 点才去睡。第一次参加考试，我就一口气过了 6 门。

她给我打电话来，说要结婚了，对方是镇上税务所所长的儿子。我问：你爱他吗？她想了想：差不多就行了呗，我不懂啥叫爱，可他算是镇上比较风光的男人，和他结婚，也算有脸面。

我顺利地拿到大专文凭，恋情却亮起了红灯，男友父母竭力反对我们在一起。他不愿意伤父母的心，只能伤我的心。

我被失恋的痛苦折磨得要死要活，回小镇疗伤。她来看我时，已经是一个孩子的妈妈了。我给她讲自己的故事，说一会儿哭一会儿。她叹气，说：你这是何苦，踏踏实实找个人嫁了吧。我擦擦眼泪，说：不，我倒想看看，我能不能找到爱情。

我辞了职，应聘去了一家外贸公司做销售。公司代理一种法国生产的、给鲜花保鲜的保鲜柜，客户是花店。我原来就帮姐姐打理过花店，所以对业务比较熟悉。我一个季度拿到的提成，比其他业务员的年薪还多。我的出色业绩引起了一个人的注意，他叫赛奥，公司的法方技术人员。

一次，他对我说：我早注意你了，你对人很好，对打扫卫生的阿姨也好。他们都不这样，不过我们是一样的。他用了"我们"这个词，倒让我仔细看了看他——法国男人，理工科出身，衣着质朴，性情温和。他也用他的蓝眼睛看着我，脸红红的。那瞬间，我脑海中灵光一现，音乐响起，我捕捉到了爱神从耳畔掠过的羽翼声。

一年后，我和赛奥要去法国举行婚礼，行前我们回了趟老家办签证。照例去看她，家庭和孩子的琐事已经让她头上有了一小撮触目惊心的白发。她又替我担忧，说：去法国？这人靠不靠得住啊？你真胆大！接着，她又叹气说：出去看看也好，不像我，都发霉了。

赛奥的家在法国南部波尔多，以酿葡萄酒闻名。我突发奇想，对赛奥说：可以把这个带到上海去！

没什么能阻挡我对未来的向往，我们的酒迅速在上海打开局面。两年后，我们在浦东国金中心租下一间店面。

再回老家，我送她从法国买的香水，她讷讷地说：这么贵，我哪用得着。她早不上班了，在家照顾儿子老公。她说儿子不喜欢她，因为他爸成天不回家，都是她做坏人管儿子。

她看我，又说：如果我和你一起走，不知会是什么样？又摇头叹气：唉，那时就是怕，现在想想真傻，天下哪有让你一眼看到底的路呢，走着走着，才会看见自己能遇见些什么。这样过一辈子，才有意思！

是的，当初我上路时，一切都是未知。未知才是开启青春的最美的旅途，它让你心中永远有期待，期待下一步命运会揭开怎样的谜底。无论灾难或惊喜，都没关系，因为生命的意义在于体验，体验得投入而尽兴，在其中品尝到生活的万般滋味。

重要的是，你要勇敢踏上这条旅途，就像曾经的我一样。

找到生命的出口

文／（台湾）林正盛

当年少年离家的我，正如法国电影《四百击》里的少年，有一颗被压抑、被困住的心，渴望迎向壮阔大海，那是一种懵懂的、难以说清楚的遥远憧憬。

直到离家十几年后，现在的我才了解到，当年启程奔赴的不只是心底向往的繁华都市台北，其实更是奔向一个当时自己并不知晓的美丽的生命出口。

大约就在我开始读编导班，一步一步走进电影世界的时候，十六岁的少年宝春，告别母亲，离开家乡，踏进了繁华的台北。

少年宝春不爱读书，中学读放牛班，甚至不知道有高中联考这件事。中学毕业后，他执意要去当学徒，无论母亲、大哥怎么劝说，他就是坚持不再读书。

在台北当面包学徒的中学同学陈大吉，告诉宝春他工作的面包店缺学徒，问他要不要去，宝春立刻答应。离家那天，大哥还劝他升学读书，临行时，母亲叮咛宝春："家里不能给你什么，让你这么小就出外当学徒……出门在外，要认真，不要跟人计较，有工作要尽量去做……"

少年宝春就这样离家，踏进了灯光繁华的台北，开始过起他的学徒生涯。而让宝春傻眼的是，介绍他来当学徒的同学陈大吉，却在两天后离开，从此宝春就得自己面对学徒生活的困难。

上工第一天，长相凶、说话大声的师傅交代宝春做的第一件工作，就完全打破他认为"当学徒不识字没关系"这个想法。师傅叫他去称一百两的糖，他看着磅秤，傻眼了，一百两是多少？怎么称？最后他一格一格地算，要算出一百格地称出一百两的糖。

"你白痴啊！一格一格算，要算到什么时候？！"师傅看见，一阵大骂。

看来当学徒也是要识字才行，尤其是要将师傅教的配方记下来时，不识字就只好画下来，再拼凑着注些音。于是宝春当年的原料簿里画满各种图案，只有他自己看得懂。

不管是爱读书的我，或不爱读书的宝春，在我们的学徒生涯里，都共同怀着一种乡下孩子的自卑，那种不如人的感觉如影随形地跟着。但这样的"城乡情结"，却让我们心底对成功有着更强烈的渴望，渴望有一天出人头地，衣锦返乡。"学成出师"是这种渴望的初步实现，至于心中那些懵懂隐约的未来人生憧憬，就只是一个时有时无、时灭时亮地闪烁着的遥远美丽世界。

后来宝春在军中遇见大专兵官建良，重新学习读书识字，当兵两年学习下来，宝春看得懂小说、散文，当然也就看得懂烘焙书了。最重要的是他终于尝到了学习的乐趣，此后他经由学习，打开了自己生命的门窗。

而我，走向了电影世界，在一部部大师电影、第三世界电影里学习电影编导，学到最后其实是生命的学习，是人生的学习。

正是在学习的过程中，我们打开了一扇扇生命的门窗，而后一个宽广壮阔的世界，在我，在宝春面前展开。

宝春继续在面包世界打拼，为了更好地发展，他学了日文。累积了丰富的味觉经验后，他去了日本研习面包，见识了日本师傅专注细腻的专业态度，且认知到日本师傅这种专业态度是来自他们对面包的热爱，对生命的热爱。到这时，宝春学习的也就不再只是做面包，而是生命的学习，是人生的学习。

学电影的我，在对诸多大师电影的学习里绕了一圈后，回头观照自身，重新认识自己，找回自己生命经验的基础，在这个基础上，我终于真正展开了创作。

而做面包的宝春，同样是在日本研习后，认识到要有对生命的热爱和真心付出，才能做出好吃的面包。他在怀念母亲的记忆里，找回了自己贫穷童年的味觉体验，开发出了"酒酿桂圆面包"。

不管是我拍电影，还是宝春做面包，最终我们都是又找回了属于我们乡下孩子的那份生命基础，从那里出发，展开我们的创作。

到了这时，当年的离家少年心底里懵懂模糊着要去追求的那个美丽憧憬，已经不再遥远，而是就在眼前，再往前走将走入那美丽里！

这，就是我们找到的生命的出口。

鸭子时代

文／张悦然

那时候，我九岁，我们刚搬家。新家是爸爸的单位分的两间小屋子，在大学的家属院里，实在是两间很小的屋子。我们原本住在妈妈单位分的房子里的，有三间，宽敞得多，我的小学只隔一条街，妈妈的单位也在附近。

其实谁也不想搬，但妈妈认定大学的附属小学更好，希望我到那里就读，为此不惜每天上下班花一个半小时的时间。当然，我们也必须适应那个更加局促的家。搬家的事是妈妈坚持的，有一种孟母三迁的苦心在里面，但我还是为此结结实实地恨了她一阵子。

转学之后，课程进度不同，我几乎听不懂，很快变成一个差生。每次发下批改完的试卷，数学老师揪着我的那条很长的麻花辫，把我拎到门外罚站。长大后，我一直留长发，却很少梳辫子。梳辫子是会做噩梦的，不梳辫子，也还常会做被人揪着辫子的噩梦。

班里的同学们都很排斥我。同桌以纠正我的普通话发音为乐。先前的小学在地道的市井，同学大多来自底层市民家庭，平日讲话都用本地方言。于是后来，我讲话的时候总是很小心，敏感地判断着每个用词是否标准。这种自觉致使我在9岁之后彻底抛弃了方言，恶狠狠地要把它全部忘掉。成年之后，我变成一个几乎不会讲方言的人，偶尔讲两句，

也会被人像当年纠正普通话发音那样，纠正方言的发音。因为自卑而做出的改变，总是会有矫枉过正的倾向。

　　新家在二楼。楼下住着一个同班的女孩，父亲是数学系的老师，对她寄予厚望，时常辅导她的课业，鼓励她参加奥林匹克数学竞赛。她细细瘦瘦的，一张小桃心脸，每次看到她的齐耳短发那么乌密光滑，我就会想象大人们抚摸着她的头发、夸赞她的情景。

　　我很想上学的时候和她一起走，但她并没有这个意思。很多个早晨，我总是提前出门，在楼下徘徊，想要假装碰上她。但是真的遇到了，她不过是微微点头示意，就独自向前走了。

　　像是为了补偿我的孤独，周末去集市的时候，看到鹅黄色毛茸茸的小鸭子，爸妈竟然允许我从中挑选一只。

他们说，屋子太小，鸭子只能被养在阳台上。我不肯，担心铁护栏之间的空隙太大，鸭子从中间掉下去。爸爸将长条木板隔挡在护栏前面，又找来一只纸箱。把鸭子放在里面，他向我承诺这只是暂时的，等忙过这一阵，就找工人把阳台封起来。我同意了，因为我心里其实有一份想要炫耀小鸭子的虚荣——楼下的女孩如果到后院里来，就能看到我正在上面和它玩耍。

有一天，我听到楼下纱门吱呀响了一声，伴随着她和她爸爸讲话的声音，我连忙站起身，凑到护栏边。她抬起头看到了我，也看到了我手中捧着的小鸭子。

但我还是很多余地说："你瞧，这是我的小鸭子。"

她点点头。

"它非常可爱，你不想上来看一看吗？"我笨拙地引诱着她。

"好啊。"她竟然说。我把小鸭子放回箱子里，飞快地穿过屋子跑去给她开门。外面是空空的楼梯，我把门合上，站在那里等待着，好像听到了外面有一点动静，我再次拉开门，仍是没有人。我关上门，继续等。那天，我不知道自己开过多少次门，但我几乎看到了所有楼上住的人下班回来，经过门前的那道楼梯。

直到我们吃过晚饭，她才慢悠悠上楼来敲门，我屏着怨怒，问她为什么这样迟。

"我得把作业先写完。"她耸耸眉毛。

有一次，班里三四个女生到她家来，她们坐在后院里吃水果，而我就在阳台上，百无聊赖地逗弄着小鸭子。初夏茂盛的葡萄架阻挡了她们的视线，使她们看不到我，却没有阻挡她们的话钻进我的耳朵。班里的女孩们打算星期六去一个叫渺渺的女生家里看狗，她家有好大一个院子，养着很神气的松狮犬。她们正在讨论叫谁去，不叫谁去。她们仿佛说到

我的名字，但我听不清她们说了什么。

后来的几天，我一直等着她们当中的一个走上来和我说话，让我加入她们的活动。

我一直等，等到星期六那天过去了。

星期六的下午，我端着一盆水到阳台上，坐在板凳上给那只鸭子洗澡。我知道它很讨厌洗澡，但我必须找点事情做。我一边把水撩在它的身上，一边想象着自己正站在渺渺家的院子里，在那些女孩的鼓励下，怀着小小的兴奋和战栗，伸过手去摸松狮犬的脑袋。

一个风雨交加的夜晚，木板被刮跑了，小鸭子踮着脚，从护栏之间的空隙里探出头。然后，它从二楼坠落下去。也许它还以为自己是一只鸟，想试一试自己的翅膀；又或者在它的视野里，楼下那片葡萄架是片碧绿的水塘。后来我用这些诗意的假想，令自己感到好受一点，也让自己不再为了没有封阳台的事情而记恨爸爸。

那是楼下的女孩第二次到我家来，是一个清晨，我还沉浸在每天刚起床时的坏情绪里。妈妈在外面喊我，说她来找我了。我变得高兴起来，带着一点疑惑跑出去，就看到她站在门口，手中捧着一只纸盒，里面竟然放着我的那只小鸭子。她说今天早晨她爸爸在后院发现了它。应该是昨晚掉下去的，脚摔坏了，站不起来，卧在一片汪汪的水里，淋了一夜的雨。

我把小鸭子抱在怀里，感到隔夜的冷雨钻进衣服。

"真可怜。"楼下的女孩小声说。不知是在说鸭子，还是在说我。

强烈的自尊心令我把涌出的泪水拼命地屏了回去。我冷漠地向她道谢，然后打开门，让她离开。

那只鸭子并没有立刻死去。它躺在沙发边的毛巾毯上，脏乎乎一团，一直在发抖。经过那里时，我总是绕着走。不知道为什么，它再也无法引起我丝毫的爱怜了。它从楼上坠下去，仿佛是一种对我的背叛。

一个多星期之后的某个早晨，我躲在门后面，探着头颤声问：

"它死了吗？"

爸爸背着身，蹲在小鸭子躺的那块毛巾毯前面。

"嗯。"隔了一会儿，他说。

盘旋在空气中的死亡的阴影终于降下来。我闭上眼睛，感觉到自己松了一口气。

少男病

文／王宇昆

大概每个经历着成长期的男孩都会有一个自己嫉妒着或是讨厌着的人吧。

看完电影回家的路上，看见路边有一对情侣，男人喝得烂醉，不停地对着路旁的绿化带干呕，他不时抬头对着女人叫嚣："如果你真的觉得我不能像他那样给你幸福和满足，就离开我吧，跟着他远走高飞。"

在感情的衡量与较量之中，一切都轻易地被拿来比较，胜利者幸福感犹存的羞怯，失败者败北般的无语凝噎，才可能和所处的这个世界同样日出热血月落冰冷。出于嫉妒或是憎恶，选择毫无挽留的放手，成全自己也成全别人，这样男人才会说出让自己的女人跟着别人远走高飞的气话吧。就像因为青春期的延迟发育，看到其他男生的高个子与顶天立地的肩膀而自己默默的自卑和消极；就像自己喜欢的女生在自己准备告白的前一天告知我已经和另外的男生成功牵手，看到后发现对方比自己优秀好几倍。

无数次的比较与衡量，那颗埋藏在无数少男心中名叫嫉妒的种子悄然无息地发芽生长，等待一阵浮躁的风吹过后，就可以像夏日的蝉鸣一般随意播撒。这种自卑和不屑是每个青春期男生的通病，如果给这种演替现象一个明确的定义的话，学术上应称作"少男病"。

这种病原体就仿佛是冬日嘴巴里哈出的热气，在发青的下巴周围缠着冰冷的空气环绕几圈后，氤氲着消失。但也能听见这种心情跌落谷底的声音，掷地有声，一直沿着血脉传回心脏。

高中的时候，自己的身高依旧和班里的大部分女生持平，又因为在文科班，雄性机体是稀缺资源，所以仅有的几名雄性被全班 80% 的女生成为茶余饭后的谈资话料。

"A 的身材超棒，就是皮肤太黑了，像中非来的。"

"你懂什么嘛，这叫健康，你看 B 白，但弱不禁风。"

"还是 C 综合素质比较不错，就是人太冷了，冰山一样，都没见他笑过。"

如果被议论或是被比较在别人看来是一件不开心的事情的话，那么对于我来说却是一件怎样奢求也无法得到的褒奖了。因为他们的样子在女孩们的脑海里多存在了一秒，自己就会感到莫名的羞辱感，连被拿来比较或是聊天的资格都没有。别人形容我无非是"脸圆圆的"、"肚子圆圆的"、"墩子"之类的字眼，没有 A 发达的肌肉，没有 B 清俊的脸庞，同样也没有 C 一米八的身高。于是，日积月累，便催生了一种叫自卑的情绪，同时伴着这种情绪的生长，一种叫嫉妒的心理也随着在内心膨胀起来。无限放大，无限膨胀，郁积在胸腔里像是一个随时都会因为充气太满而炸掉的气球。

因为没有身高，所以球场上我可以被所有人轻易地把球帽摘掉；因为没有棱角的五官，所以在同窗眼里是一个随时都能够被忽略的路人甲；因为没有发达的运动细胞，所以体育课只好一个人在一旁看书望天空，所以我才会嫉妒 A 健美的身材，厌恶 B 那副矫揉造作的脸庞，不屑 C 的四肢发达头脑简单。于是 A、B、C 在我心中的印象就变成了一个个贬义词，我每天拿来不断温习，让心头的那颗嫉妒的肿瘤不断变大，沉重地压着自己的大动脉。

直到有一天把这些不满全部都附加在一起，那颗藏匿于胸口的气球终于崩溃，我所有的嫉妒与不甘被突如其来的巨大气压差炸飞了。

我把 A 用来锻炼肌肉的蛋白质粉和健身卡全部丢进了马桶，我把 B 的洗面奶换成了劣质的过期乳霜，我把 C 用来锻炼的双杠卸松了螺丝。在嫉妒心的驱使下，所有的不满变成了恶作剧付诸现实。就这样，A 因为一段时间没有锻炼的缘故，显得消瘦了不少；B 因为用了劣质的乳霜，导致皮肤过敏脸上长满了许多红色的痘痘；C 下午训练的时候因为螺丝松掉摔下单杠，小腿骨折。

看到这一切，我的嫉妒心在一定程度上被极大地满足了。如计划所言，这个时候大家的谈论对象都变成了我，我得到了自己实践的"褒赏"，却一点也不感到光荣。

"D 最近在疯狂地健身哎，每天都能看到他在器材室挥汗如雨的。"

"知道吗？我下课的时候偷瞄了一眼 D，他抽屉里竟然有一盒精装的减肥茶哎。"

ABC 的位置换成了 D，嫉妒像蔓草一般长势旺盛，在内心投出巨大的阴影，那时候的我从来没有担心过自己是否会有一天怎么走也走不出这片晦涩。

后来，A 买了新的蛋白质粉换了新的健身卡，B 的过敏好了买了最贵最好的洗面奶，C 的小腿痊愈球场上围观他的女生依旧只增不减，而我又变回了那样的一个跳梁小丑，依旧坐在教室的角落位置，球场上没有人为我欢呼，聚会唱 K 永远不可能成为焦点的透明人。

但或许是上天眷顾了我，在高三最后的几个月我的身高突然增高，体重也因为身高的增加而减少，身形变得匀称起来。这时候班上的女生的谈论里也会出现我的名字，我成功地成为和 ABC 比较的最佳新人。可是怎么说呢，我很开心，却又很惶恐。遗失的岁月里，难道自己追寻的就是这样的感觉吗？

这个问题的答案，至今才得到。毕业聚会谈起的时候，大家都异口同声地说我是个嫉妒心严重作祟的小人，我才发现大家一直都知晓我的恶作剧，却没有当面揭穿我。我看着他们一个个善良的眼神，羞愧地自饮六杯，然后又被逼着带大家去下馆子。

那天晚上华灯初上，我们几个人在小吃街热闹的街道上买醉斗拳。

"那时候的我，其实觉得 D 挺可爱的，就是有些孤僻。"

"我当时特别羡慕 ABC，谁不希望青春期拥有所有男孩子身上的特有光环啊。"

"都怪我太小人。"

空气里隐约有躁动不安的情绪，ABCDEFG 在我的身边，我们彼此环着彼此的肩膀，他们告诉我每一个人心目中的我，我也告诉他们我心目中的每一个他们。

我们所有人在夜色里拥抱痛哭流涕，冷风过境，吹动每一个年少时期心头的烦躁不安。少男病是所有在生长期自卑过男生的通病，就像所有少年渐渐拔高的骨骼和发青的下巴一般，生长出高耸与坚硬。它也是一种病原体，在思维意识里生长爱恨的勇敢药剂，它滋生胆怯，却长出释然。

在未来的某一天，他们最终会知道，曾经在宽阔的肩膀下生长过的嫉妒或是憎恶的心理会慢慢消失。

成长是一件华丽的外套，包裹住无数童稚的虚荣内心，外表光艳，内心却掩不住寂寥。我很庆幸自己曾经被这种稚嫩的病原体侵蚀过，因为它在血管里源源不断地生长和蔓延过，所以才让我学会了慢慢成长和勇敢行走。

那个叫垃圾婆的女孩

文 / 谢 念

　　这是一家很小的店面，旁边是楼梯，通向二楼。寒暑假期间，有不少小孩子在那个楼梯上跑上跑下。这群小孩在二楼齐心合力地大叫着：垃圾婆，垃圾婆！叫完嘻嘻哈哈，甚是开心。过了一会儿又传来纷杂的脚步声，大概是被叫垃圾婆的人愤然反抗了下，他们就一起逃到了楼下，然后扬着头更齐心地对上面叫着：垃圾婆！垃圾婆！楼上似乎有隐隐的小女孩哭声，下面的小孩更加得意了，又叫了好几十遍。

　　这情况谁看都明白：一群孩子在欺负另一个孩子，可能是男孩，可能是女孩，可能不好看，可能有某种残疾或缺陷，可能有着外地口音，可能父母很穷。这些理由都不要紧，反正结果是：他没有成为这个群体的一部分，所以活该像怪物一样被嘲笑、欺负、侮辱。小孩子啊，我真的不觉得他们是书本中或者传统认识中那种无害、美好得不行的生物，那个世界不缺暗和恶。

　　我小学时，班上有一个叫李莎的女孩。她皮肤有点黑，除此之外我看不出她和别的女孩有任何区别。

　　事实上我没怎么注意她，她在一年级时毫不起眼。大概是二三年级开始，全班人似乎在一夜之间，开始叫她"炭花婆"。炭花是煤渣的意思，最开始是男生这么叫她，后来女生也跟进了。大家不仅嫌恶地这么叫着，

还不愿意去碰她，她的同桌也要求换位子，并不断向别人痛陈和炭花婆坐在一起是多么不爽。很快，这个名声就传到了其他班、其他年级。

那个时候，我们都是走路或骑自行车上下学。大家都是和关系较好的人一起走。没人愿意和李莎一起走。在学校附近的街道上，常见到她一个人背着书包孤零零的，旁边有几个同路男生跟着她，乐此不疲地高声叫她炭花婆。

大约到了四年级，不知道是什么原因，我和李莎交上了朋友。我们经常一起回家，聊天什么的。因为她只有我这一个朋友，所以对我流露出了非常大的热情，经常送我一些小礼物或是小零食。日子久了，就觉得有点奇怪，因为她一切正常，实在没有任何理由遭受这样的屈辱。有一年儿童节，我和她一起上台唱了一首歌，下面的人全都眼神古怪，没有人主动鼓掌。唱完后另一个朋友立刻来质问我：为什么要和炭花婆一起演节目？还有一次野餐，大家自行分队，毫无意外地谁都不愿意带她，我当时已经和另外几个女生组了队，就建议让李莎加入。所幸那几个女孩都是班上的老实人，并不反对。那次野餐颇为搞笑，因为别人带的都是面包零食什么的，李莎除了这些，还带了锅碗瓢盆，装在饭盒里的米、豆腐乳和肉馅等一大堆东西！我们活生生用报纸、河滩里捡的干柴什么的当燃料，煮了小半锅米饭和不熟的丸子汤。大概因为这是她很少的能和别人一起组队玩的机会，所以弄得非常隆重。这种小心翼翼的热情，后来每每想起都让我觉得难过。

李莎的故事在几年后，我高中复读时又重演了一次。复读时我插班到了下一届的学生中。一天去上厕所，遇见一个戴眼镜的女生，很热情地和我说话，说以前就知道我，最近才知道我插班到一班了。这个热情的搭话一点没有让我舒服，因为我当时对复读这件事深感羞耻，所以冷着脸嗯嗯两声就走了。刚走几步，同班女生冲上来拉住我急切地说：你知不知道刚才是和谁说话？武川熙啊！你会倒霉的！然后女同学们叽叽喳喳地跟我普及了关于武川熙的事：她在四班，是这个年级最著名的"霉婆"，沾谁谁倒霉，和她说过话后一定要吐口水洗手云云。

那个时候她们已经高三了，想必武同学是从高一，甚至更早就开始了这种"霉婆"生涯。到底是什么原因造成的，没人说得清也不可考，但是大家可以举出一打例子来证明武川熙的神力无边：××同学和她说了句话，耳机坏了，××同学考试时挨着她坐，考砸了数学，此类等等，不一而足。我有点惊讶，快二十的人了还在传这种玩意儿，就像至尊宝说的，"以我这么理性的人，怎么会相信这样的无稽之谈呢？"但我那时正在复读，已经考糟糕了一回，对于倒霉这种事，自然非常害怕。

全校的人都知道武川熙的大名——隔壁两个班篮球赛，A班眼看要输了，就在B班的人罚球的时候，A班所有围观群众一起大喊：武川熙来了！以诅咒那个球投不中。喊完之后，无论中与不中，球场边的人都会愉快地笑成一团。

我复读的时间只有一年，武川熙又不和我同班，我很少见到她，但有时她遇到我会和我寒暄几句，一年可能就那么四五回吧，毕业后我再也没见过她，也没有人再谈论过她。我记得她偶尔和我说话时的眼神和谈话方式，那是我从小熟悉的李莎式的眼神：过分的热情，带着害怕，又努力镇静，努力展示着自己最好的一面，想在这个新来的家伙了解她的恶名前，给她留下好印象。之后我还在很多人身上见到了这样的眼神。愚笨如我，几次后也能学会：凡有这样的眼神，必是在流了很多眼泪后才有的。

这两个女孩现在应该都是结婚当妈的年纪了，不知道她们的小孩今天面对的成长环境会不会好一点。这种眼神则常要花很长时间才能抹去，或是某天突然反弹，变成凶狠或冷漠的眼神。再或者她会想明白这些事，变成平静悲悯的眼神。都有可能。无论是她们，还是那个在二楼隐隐哭泣的女孩，都还有很漫长的一生。

你好，纪师弟

文/符 二

直截了当地说，我十分不喜欢油画班的纪同学。

我不喜欢小纪的诸多缘由归结起来，最后落脚到这两条上：那就是小纪太喜欢表现，爱在同学面前出风头；并且他还十分擅长揣摩他人心思，绝不错过任何一个可以拍马溜须的机会。

每每他在老师话音刚落的瞬间第一个发言；或者老师讲课途中一脸沉思者的表情，故作深沉地向老师提问；或者老师说了一句什么精彩的发言，他就乐不可支鼓起掌来……凡此种种，莫不叫我深恶痛绝。

关于小纪，坊间一直流传着一个十分经典的传说。某日，小纪与系主任一同出行。中途，主任接到一个重要电话，貌似有人在告知一组十分机密的数据。主任掏出纸笔，四处找寻可以书写的地方，未果。就在此时，小纪连忙不失时机地弯下腰来，对主任说："就垫我脊背上写罢！"听完这则传说，我更加看不起小纪了。

每次路上相遇，我都对他冷若冰霜。有几次上课，他朝我这边的空座位走来，我赶紧放了几本书在座位上，明确表示不想与这等人同座。偶尔目光不经意相会，他朝我微笑，我也是赶紧掉转头，装作什么也没看见。

但即便如此，他对我还是十分热情。每次在校园里碰见，他都眉开眼笑地问候我："师姐，你好！"就是在拥挤不堪的食堂里打饭，只要看见，也务必要挤过来打声招呼，师姐长师姐短地叫个不停。难道他真的不曾意识到我对他的反感？

不仅仅是我，班上同学也经常对他冷嘲热讽，甚至就连老师，有时候也会善意地批评他几句。但小纪似乎同样没有觉察到大家对他的不满，依然是老师提问就第一个抢先发言；依然整天笑容满面，一副无心无肺的模样；依然爱说老师的好话，跟老师同行一定抢着帮老师端水杯、提电脑。

有一天深夜，我从外省出差回来，拖了一个少说也有40公斤重的行李箱，正在校园的台阶上一步一挪。这时候，呃，我无比讨厌的小纪同学，竟然有如神兵天降一般，手里拎着两串烤羊肉，站在了我面前。他不由分说地将箱子送到我的宿舍之后，还不由分说硬往我手里塞了一串羊肉串。我可是压根儿不爱吃羊肉的。

我开始反思，这究竟是怎样的一个人？那之后的许多日子里，我暗中默默观察他，最后的观察结果是：小纪喜欢赞美所有的人，喜欢挥着手臂跟所有的人打招呼，喜欢帮助所有的人。事实确凿无疑——这天生是一个热情洋溢的人。那些我们看到的种种表象，就是他与生俱来的天性使然，并且不管人们如何冷落他，讽刺他，他依然不改本色。热情简直是我们这个时代一种弥足珍贵的品质，是我们的冷漠误解了它。

星期一，下午四点，在通往教室的路上，我和小纪又碰上了。这一次，还没等他走近，我便率先露出了微笑："你好啊，纪师弟！"

没关系，我们都是这样长大的

文／饶雪漫

有一次去苏州出差，被一个同学知道了，说是班上的女生都喜欢看我的书，非要拖我去参加他们的班会课。盛情之下，只好遵命。

那堂班会课的主题是：和名作家零距离。我在台上，高一（4）班55个学生，在台下。

第一个举手的是个女生，问我说："饶老师，我想知道你在写作的时候有没有遇到过什么困难，你又是怎么坚持下去的呢？"

我示意她坐下，没回答她，而是对大家说："继续问。"

第二个举手的依然是个女生，她说："我最想知道，你最喜欢你写的哪一部作品中的哪一个人物？"

第三个问题，我请一个男生站起来，他很大方地承认："我没看过你的书。我想问你，这么多人喜欢你写的书，你是什么感受？"

"这三个问题，我可以下课后回答你们。"我对大家说，"不如这堂课，我们来问点有意思的问题。比如你们可以问我，有没有偷过钱？"

教室里先安静了一两秒，紧接着一片哗然，反应快的已经带头嚷起来："好吧，那你有没有偷过钱呢？"

"偷过的。"我说，"七岁的时候，偷了我妈放在衣橱里的钱，去买泡泡糖。"

"结果呢？"

"被打了啊。"

"那有没有撒过谎？"

"有，"我说，"而且不止一次。"

"举个例吧。"

"好吧，有一次想买一本三毛的书，没钱，然后跟我妈说我要去参加英语比赛，需要报名费。还有一次，是带我妹妹去乡下一个男生家玩，但是告诉我妈是去城里闺密家，结果被我爸跟踪了，好一顿痛骂。"

"哈哈，有没有逃过课呢？"

"逃过，还逃了期末考试，为的是去看齐秦的演唱会。"

"哇！有没有和爱人吵过架？"

"有的，还打过架呢。"

"谁赢了？"

"不记得了。是真的，为什么吵为什么打也不记得了。"

大家笑起来，都不相信。我补充说："事实就是这样，时间过去以后，你就会发现，有很多你当时觉得根本过不去的坎，到后来你会连'坎'是什么都不记得了。"

"这样啊，那你有没有做过令自己非常后悔的事？"

"有。"

"有没有伤过朋友的心？"

"有。"

"有没有被朋友伤过心？"

"有。"

"有没有还没有实现的梦想？"

"有。"

"有没有事令你感到恐慌和不安？"

"有。"

"有没有对自己不满过？"

"有。"

……

"有没有最想对我们说的话？"

我转过身，将黑板上班会课原来的主题擦掉，重新写上这么一行字："没关系，我们都是这样长大的。"

当我写完最后一笔，台下响起了雷鸣般的掌声，而我的同学，他们的班主任，竟然站在讲台的一角不争气地抹起了眼泪。

那是三年前，苏州最炎热的夏天，几十个孩子一起把我送到学校的大门口。不过50分钟，他们均已和我熟络，开始嘻嘻哈哈，说各自的趣事，与我勾肩搭背，没大没小地叫我老饶。没完没了的知了声中，那场告别显得亲密，盛大而又愉快。我自信这堂课，在他们心中一定留下了深刻的印象。无论过去多久，相信总有一个人会提起：当年饶雪漫说过呢，这些没什么。原来，真是这样啊。

是的，当你感觉人生没那么如意，当你对自己的表现没那么满意，当你对你爱的人或自己感到失望，当你觉得自己再也坚持不下去的时候，请记得对自己说，没关系，我们都是这样长大的。

因为，这就是人生。

风清扬不会在你背后出现

文/王 路

　　大概 5 岁的时候，我爸给我讲了张良与黄石公的故事。我听了心潮澎湃，觉得这世界上每个犄角旮旯里，都可能有神一样的存在。

　　那天晚上，我买了一个烧饼，边吃边在外面玩。跑过一个屋角，钻出一位衣衫褴褛蓬头垢面的老头。他用深邃的眼神盯了我一会儿，咧嘴笑了，"小孩，来，把你的烧饼给我咬一口。"

　　我脑子里瞬间闪过黄石公的影子，然后毕恭毕敬地走上前，双手把烧饼递给他。他啃了两大口后，把烧饼还给我，我摇摇头，"都给你吃吧。"他笑笑，"真是好孩子。"然后从屋角消失了。第二天，我准时等候在那里，他没有出现。第三天，我提早等候在那里，他还是没有出现。一连数天，我都去那里等候，他却再也没出现过。

　　读初中时，我迷上了金庸。常常幻想哪天能得到异人指点，或者在神秘的地方捡到武功秘籍。我每周末都会往田野、丛林那些偏僻的地方跑，或沿着一条无人的河道顺流而下。我很早就懂得这个道理：人越多的地方，秘籍出现的概率越小。

　　去乡下时，我总是探索竹林深处，枯死的树洞中，坍塌的小石桥下，可从未发现过秘籍。我也常在无人的时候练自创的武功，但《笑傲江湖》中指点令狐冲的世外高人风清扬从来没有在我背后突然冒出来过。

我知道自己天资浅，根底弱，所以从小就梦想能得到异人传授、高人指点，似乎那是让自己变成一个厉害的人的唯一途径。至少在当时，穷极想象，想不出更好的可能。其实不是想不出，是没有比这更便捷的法门了。自己练？练上一百年，顶不上名师传授一句话。

读大学时，没有那么傻了。我知道风清扬不会出现。我长成这个样子，风清扬是不稀罕对我动念头的，能对我动念头想收我为徒的，恐怕只有南海鳄神了。那时候我弃武从文，开始写诗，偶像也从令狐冲变成了曹雪芹。

大一时，一个教授到学校开诗词讲座，博导。我在网上看了他的简历，很崇拜。讲座到了提问环节，我紧紧张张地举起手，结结巴巴地提问，提问完坐下，怅然若失。我忍不住把自己写的诗抄了一首在纸上，跑上讲台，拿给他看，请他批评。他说：看诗太麻烦了，回头再看吧。

过了几年，一次开会遇见他并介绍自己，他赠了我他的诗集。我虽然天性愚钝，但好歹也抛掷了几年心血，那时候的诗作比之大一像模像样了不少。再打开他的诗集读，老实说，感觉没我写得好。

有个学妹，最早是韩寒的粉丝，粉了他好些年。后来有次韩寒的某观点和她相左，她发状态说："好友里谁再公开挺韩寒的请主动删了我。我粉了韩寒六年，在这六年里，韩寒有成长，但我自己的成长远比我眼里韩寒的成长更大，从现在起我不再是他的粉丝了。"很赞。粉一个人，最终也有出坑的那天。

一次在火车上，邻座小伙子对我说："读万卷书不如行万里路，行万里路不如阅人无数，阅人无数不如名师指路。"我只有呵呵以对。对我而言，梦想"无崖子在一盏茶工夫，把自己七十余年内力传给虚竹"的少年时代已经一去不复返了。不过，也许他还如我当年那样幻想，年轻真好。

我越来越明白，并不是人越多的地方，秘籍出现的概率越小，而是秘籍根本就不存在。要想得到 70 年的功力，唯一的办法是活上 70 年，经受 70 年的磨难。佛经上说，菩萨完成所有阶位的修行之后，还需要经历三大阿僧祇劫，才能证得圆满佛道。阿僧祇，是 10 的 47 次方。

名师根本就不是某个人，而是打铁时的每一次淬火和锤锻，你要剖开心滴出血才能看得见。永远不要祈求顿悟的法门，顿悟从来不是给弱菜准备的。就算是慧能一样的利根器者，听了弘忍说法之后，也在丛林中磨炼了十几年。想寻求方便法门时，不妨先自问一句：长成这个样子，风清扬会突然从我身后出现吗？

就算你是天才，也要把自己当成一盘弱菜。这样，即便来不了风清扬，至少还会有南海鳄神。

有多少重头戏留给自己

文／郭韶明

一个人的时候你会做点儿什么呢？找本书看、弄点好吃的、看场球赛、打打游戏、泡咖啡馆……你好像很容易找点儿节目。还有工作上的事，家庭里的事，父母那边的事，常常是不需要找事，事情就来找你了。但也总有那么一天，你会有大把的时间就这么待着，做点儿什么或不做什么全由自己决定，此时你的生活格局是怎样的？

最初，常常不需要考虑这个问题，我们需要的是一群人的世界。生活里总有几个同伴，大家根本不在意玩什么，关键是和谁一起玩。现在回想起来，女人们恨不得每天和发小腻在一起，男人们当年为了兄弟可以两肋插刀。那个年代，独来独往的人常常被认为是个另类。

后来，那个陪你成长的大圈子逐渐退到远处，我们进入两个人的世界。如同所有的爱情，外人看着都差不多，只有当事人觉得不一样。等大家发现谁都不过如此的时候，又常常开始往回找。当年的朋友再聚到一起，发现大家想的居然还是一回事！男人回到男人的世界插科打诨，女人们呢，喝茶聊天看电影，闺密时代好像又回来了。

可是最终，谁都要回到一个人的世界。多年前，有人说一个人过得像一支军队的时候，我在想这得需要多大的能量。后来我发现，和自己玩只是一种习惯，这种习惯需要长线保持。否则，等有一天闲下来了，你可能会觉得无所适从，也会感到困惑，为什么大家都在玩，我却整天埋在工作里？身边有人说，我的书房有一半是给退休后准备的；也有人说，我就等哪天不工作了做点儿想做的。他们都没意识到，这些事未必要在未来的某一天正式开始，它可以在你生活着的周一到周末悄然登场，关键是你愿意给自己留出多少时间。

毕业十年回校看老教授。在学校办的老年大学里，当年的黄教授绝对是个好学生，插花、书法、剪纸，被人提及作品时满心骄傲。也有的教授是落寞的，做了一辈子学术，如今停下来还真有点儿不适应。

陪伴自己是个小话题。表面上它说的是你有多少技艺多少闲情把时间填满，无论什么时候无论在哪儿，都能把自己的生活过得风生水起。书面化一些，就是能在自我这个小环境里实现一种自运转。

陪伴自己也是个大话题。这个话题下深藏的是一个人有没有独立完整的自己，你不用眼观别人忙的那些事，也不用费心去融入一些看似热闹的群体狂欢，只需要保持独有的内心世界，就算不是很大，但一定够丰满。

我相信那些年轻时代就擅长并乐于和自己玩的人，到了什么时候生活都不会无趣。而那些跟着外界走的人，到头来可能会发现走了这么多年，重头戏居然都不是留给自己的。

美的教育

文／雷　婧

午睡起来觉得鼻头油油的，准备下床扯一张吸油面纸清爽一下，想起我第一次"变坏"就是由一包吸油面纸开始的。

我是这样一个孩子。

从小优等生，机灵、听话，爱学习，同时晚熟。在同龄的女生已经开始选择用短到脚踝的纯色袜子搭配帆布鞋的时候，我还穿着我妈买的快到小腿肚的运动长袜。我有个小学同学，初中也和我一个学校，是个挺风云的女神级别的人物。有天她眨巴着大眼睛，很好心地对我说，你别再穿这么长的袜子了，好土。可是我当年这么乐天地觉得，土有什么，这恰是我听话的象征好吗。回家还把这事和我妈说了，我妈对自己的女儿一脸赞赏的表情。

初中女生的美常与成绩成反比。学校里最好看的那批女生，学习常常不怎么样。她们把学习乖仔们用在画自然段的时间拿去看时尚杂志了，从平刘海儿边两条须下来的头发到帆布鞋两种不同颜色的鞋带穿绑，让我走在校园里就知道最近台湾偶像剧里的女主角都是什么样的打扮了。

看着这些漂亮女生结伴走在春风荡漾的校园里大声嬉笑，与篮球场上帅气的男生插科打诨，我心里终于有了些异样。

我开始想要自己变美。

在公交车站旁边有家叫"哎呀呀"的饰品店，其实也不该叫饰品店，货架上从缀着兔子的发卡到补水的喷雾瓶，都是最新潮的女生用品，可爱的代名词，里面有一件我想要了很久的东西。

我不怎么长青春痘，但是南方的夏天还是常常闷热得让个十三四岁的女孩满面油光。教室里开始风行一种便捷的吸油面纸。上完体育课，女生们气喘吁吁地坐回自己的位子，从包里掏出一张，轻轻地按压在鼻头，然后清清爽爽地开始下一节课。但是我没有。

我反反复复地走进"哎呀呀"应该不止 10 次了。每天等 10 路车时都要走进去，站在放吸油面纸的货架前拿起一包来看。粉红色的包装上印着"清爽，无堵塞，45 张"，还有个 2.5 元的价标。我心里有个怪癖，觉得好孩子不该买化妆品。想到这，我就会放下这包无辜的面纸，转身走出"哎呀呀"。

但我终于还是走到了收银台前，拿着这包粉红的吸油面纸。在台灯下小心地抽出一张往脸上贴，看到吸收的油脂让面纸都变色了就觉得心里很满足。虽然这包面纸只是藏在我书包隐秘的小口袋里，虽然它还是时常让我觉得自己变坏了。

我仔细地想怎么会出现这样非人类的想法。追溯到一件事，我爸曾因为我不想穿一条老土的加绒运动裤批评过我，坐在客厅里郑重其事地和我妈一起，有理有据地说，人的精力有五分，你要是把其中三分都放在外表上，成绩怎么会好。这话被我深深地信奉以致于现在还清楚记得。我从来没质疑过我爸妈关于美的教育，所以我在很长一段时间里充当着校园里最乖最朴素也是最老土的学生，从不敢凑近厕所里的镜子仔细端详自己的面容。

好在，这种被压制的敏感，随着我初中的结束，被越来越"宽容"的父母，慢慢地释放了。

一只离经叛道的蚂蚁 ❤

文/李月亮

那年，我高二。有天和舍友去学校门口的书店借书，我先选好了一本《高考古诗文赏析》，然后坐在门口的小方凳上等舍友。百无聊赖中，发现了脚边的一群蚂蚁。

毫无疑问，那是我人生中一次意义重大的发现。

大约有几十只，围着指甲大小的一块面包，爬上爬下，忙碌不堪，一会儿推着面包挪动一点点，一会儿又让它翻一个跟头，但每次面包挪动的方向都不一样，所以搞来搞去，它们基本都在方圆一厘米的地方打转。

我不知道蚂蚁们是怎么协调合作的，反正几分钟后，那块面包已经歪歪斜斜地挪向蚁窝了。

而在蚁群簇拥着美食离开后，我忽然发现有一只蚂蚁没有走。它待在原地，头朝着同伴们离开的方向，一动不动，仿佛在思考，或者告别，或者嘲笑——实在不好猜出它的心路历程，但我立刻觉得，这真是一只与众不同的蚂蚁。

当时书店里正播着那首正在火起来的《想和你去吹吹风》，张学友深情地唱着：想和你再去吹吹风，虽然已是不同时空，还是可以迎着风，随意说说心里的梦……

在这美好的歌声里，那只蚂蚁转过头，慢慢地爬向与蚁窝相反的方向，在它前面的不远处，是一排花墙，一大排丁香花正香气四溢地盛放。

请允许一个十七岁的文艺少女发挥一下想象力吧。当时的我是这样解读那幅画面的：那也许是只心里有梦的蚂蚁，也许没有别的蚂蚁愿意迎着风听它说说心里的梦，但它想要自己去寻找，所以当所有同伴都一门心思投奔面包时，它选择了去更远的地方；也许它闻到了远方的花香，也许它只是追随心中按捺不住的渴望，也许它途中会饥饿劳累，也许它最后并没有抵达，但无可否认，它是一只伟大的蚂蚁，它的生命比别的蚂蚁更丰满壮阔。

我在心里为那只蚂蚁鼓掌，然后抬起头来，看着马路上来来往往的人，那些急匆匆赶路的身影，仿佛都走在抬着面包回家的路上。

我呢？我忽然想。我是要和所有人一起去抬面包，还是去更远的地方闻一闻花香？

午后温热的阳光照在我身上，也照进了我的心里。我跳起来，重新走进书店，把那本《高考古诗文赏析》换成了早就想读的《麦田里的守望者》。

而我那磨磨蹭蹭的舍友也终于选好了她的书——《瓦尔登湖》。

看到那个书名，我笑了，拍着舍友的肩膀说：你是一只伟大的蚂蚁。

我们各自偷偷揣着一本不敢被老师看到的书，像各自偷偷揣着一个不能被理解的伟大梦想，回到学校，回到忙碌辛苦的学习中。在静谧压抑的晚自习上，偷偷钻进梦想的世界，我的麦田，她的瓦尔登湖，在那里，我们快乐不已。

从那时起，我不再把所有时间都捆在物理化学英语习题中，开始允许自己花一点时间去探寻生命中更广泛的乐趣。我读游记，看国际新闻，听西方音乐，研究凡·高的画……到高考后填志愿时，我已经大体明确自己喜欢的是什么，要过怎样的人生，所以放弃了亲友的推荐，选择了一个自己喜欢的专业。时至今日，我越来越庆幸那个历史性的选择。

说来好笑，居然是一只蚂蚁指导了我的人生，而且关于那只蚂蚁的壮举，很可能只是来自我一厢情愿的想象，但无论如何我要谢谢它，是它无意间勾勒出的那幅画面，影射到了我心里，启发了我，让我明晰了自己内心深处的渴望。

后来很多次面临人生大大小小的选择时，我都会想到那幅一只蚂蚁背离蚁群，义无反顾地爬向丁香花墙的画面。它不断地提醒我，要勇敢地做出遵从内心的选择，勇敢地走向更远的地方，因为生活并不只与面包有关，那些关乎灵魂关乎生命的梦想，也许更值得我去探求。

我知道，做一只离经叛道的蚂蚁，要冒很大的风险，付出很多代价，但我愿意承担这些，愿意从疯狂逐利的人群中退出来，转回身去，遵循着梦想的香气，去看看在我的生命里，盛放着怎样的丁香花。

每一颗真心都该被温柔相待

文/苏 瑶

在我还小的时候，并不流行高个子女生，而我长得很高。那时娇小玲珑的女生比较符合流行审美，而每次站队排在队尾的人，就会被归为傻大个，于是个子高的女生，都恨不得变成驼背。

我因此而讨厌站队很多年，也讨厌自己的身高很多年。

我天生头发浓密，现在每一次去美发店，发型师都会很欢喜地摆弄，觉得非常好做造型，充满时尚感。

但是在我小的时候，大家都把头发天生顺滑一丝不乱归为漂亮头发，我又是反面教材。

还有那时候，电脑和手机不普及，所以戴眼镜的孩子很少，不像现在这样满大街跑。我遗传性视力差，平时走路坚决不肯戴眼镜，上课的时候像做贼一样偷偷摸摸把眼镜从盒里拿出来。

尽管如此，却仍然逃不过被同学嘲笑。

每个人的青春里大概都有些暗伤，虽然我一直成绩很好，人缘很好，当着学校和班上的各种干部，却曾经不止一次地在心底里希望用这些来换得一句称赞说："你很漂亮。"

真是糟糕，18岁以前从来没有人说我漂亮。

连家里的表姐表妹中，我也是在外表上最被否定的一个。

于是后来，我也认定自己不漂亮，加上家境贫寒，索性对穿衣打扮种种完全绝缘。

结果是大概更不漂亮。

我在18岁生日过后见到一个男孩子，他长得真是好看，大概就是人们说的那种有着耀眼的光。

但最神奇的是，这个好看的人，他认真地说我很漂亮。

我简直不敢相信我的耳朵，这个男孩子本身学的就是艺术，在认为他"瞎了眼"和相信他独到的艺术品位中，我的表情倾向于前者，我的心飘荡向后者。

他陪我去选衣服，去换发型，我还配了隐形眼镜。世界真奇妙，其实没过多久，当有其他的人也开始夸我漂亮的时候，我惊奇地发现现在瘦高的女生变成被赞美的主流，我的头发变成了发型师的宠儿，我当然还算不上真正的美女，可是走在街上，已经足够有自信，不再目光躲闪弯腰驼背了。

我的一生中，从来没有那样坦然的感受，我从将信将疑，到彻底相信我真的还不错。

也许有人能够了解我的感受，那个男孩子是我的神。我一直觉得一个女孩如果从内心深处觉得自己很丑，那对她的命运绝对是比"穷"、"病"、"傻"更加致命的灾难。

是他真诚的赞美，让我真正抬起了头。

现在有很多年轻的男孩女孩，流行"我个性很直"的立场，但是我一直很不喜欢这种标榜自己"很直"的人，尤其是在一个人的青春期里，有些过于直爽的评价，甚至会改变对方的人生。

当一个人开心地唱歌，有人说"你唱得好难听"，于是那个人可能从此再不开唱。

当一个人画了朵花，有人说"你没有天赋"，于是那个人可能就放弃了画画。

当一个女生爱上一个男生，鼓起勇气送了一封信给他，男生故作冷傲地把信抛开，引来一片"好帅"的尖叫，没人想过那个女生是不是恐惧再去爱。

而当一个人相貌平凡，你如若夸她一句可爱，她下次见面也许真的会长得多一分可爱。

一句赞美或者一句恶言，或者于自己只是分秒间的爽快，于对方却可能是一生的福音或是噩梦。

每个人都有机会成为上帝，假若每一颗真心都能被温柔相待。

总有一场缘分只是一起坐船看花

文/烟 罗

我上小学的时候，身体很不好，又特别不会说话。同学们一起玩，我总不能参加，他们热闹地聊天，我也插不进嘴，久而久之，就很孤单。

那时候写字用的还是那种灌墨水的钢笔，为了避免发生突然没墨水的状况，我的课桌里总是存着一瓶钢笔墨水。那时候的墨水有三种颜色，黑色、天蓝色、蓝黑色。我喜欢天蓝色，所以就存了瓶天蓝色墨水。

有一天，后面的同学考试前发现笔没水了，急得要哭。有人想起我这有，就怂恿她来借。

那个年纪的孩子似乎都是比较小气的，有时候借个墨水还要趁机傲娇半天。但因为平时就甚少有人与我搭讪，所以那同学一凑过来，我就受宠若惊，满脸欢喜地递上前去。

倒让她很不好意思。

也因为我这么好的态度，慢慢地，同学中找我借墨水的竟多了起来。

再后来，我干脆在课桌里存了三种颜色的墨水，有段时间，在班上叫我名字的人此起彼伏，我的课桌边来往的人川流不息——都是来借墨水的。

后来想，有了我的奉献，班上的同学大概对每天检查钢笔这件事都产生了惰性吧。

但那时候，我却是非常快乐的。虽然我还是同样地不善游戏，同样地不善言辞，同样地有点寂寞，但是比之前好多了，真的好多了。

大家对我的态度变得随和而热情起来，有事没事也会叫我一声。我不是被拥在中心的那一个，但也不是搁在角落里的那一个了。

我就这么看似热闹实则还是有点寂寞地一路长大。

到了初中，已经不再流行用钢笔，都用一次性的水笔了，而我也有了几个亲密的朋友，不再有桌边川流不息的人，但内心踏实而安宁。

现在工作的地方，有一个美丽乖巧的姑娘，不知道为什么，总不大能与人进行深入的交流。可她会做很多精致的小手工送人，会买很多可爱的小零食。我常在嘴馋的时候，偷偷叫她，她就会跑过来塞给我几包麻辣小鱼干，笑得羞涩而无害。

后来我发现办公室很多同事，虽然与她交集不多，但也都喜欢找她要小零食。

交递的过程里，彼此互相或羞涩或贱贱地一笑，打趣地争抢一番，那一瞬间，就感觉是亲近的了，温暖的了。

不知道为什么，就想起了小时候的我。

不知道我小学的同学们，还记不记得那个每天给他们提供墨水的我，大概是不记得了吧。但是有什么关系，即使用这样笨拙的方式，那时候的我啊，也与这个世界努力地建立了一点点温暖的互动。

凭借这一点点积极的温暖互动，就保护了我健康快乐平安地长成现在的我吧。

我们这一世行走，从始到末，会遇见无数的人，并不是每一个人，都能与你情深。

没遇见那样最好的陪伴时，用一点点小小的执着，主动地付出，换得那些萍水之缘的人相逢一笑，也是很好的啊。

流水上漂浮点点花瓣，星空洒下片片微光，指路时的温暖，相邻过的关照。

那些都是很好很好的。

宛若一起坐船看花行一程。

（京）新登字 083 号

图书在版编目 (CIP) 数据

年轻总免不了一场颠沛流离 / 李钊平主编；青年文摘图书中心编 . — 北京：中国青年出版社，
2014.7

（青年文摘彩虹书系）

ISBN 978-7-5153-2434-0

Ⅰ . ①年… Ⅱ . ①李… ②青… Ⅲ . ①散文集 – 中国 – 当代 Ⅳ . ① I267

中国版本图书馆 CIP 数据核字 (2014) 第 098605 号

年轻总免不了一场颠沛流离

青年文摘图书中心 编　　李钊平 主编

责任编辑：侯庚洋　杨冰清
内文插图：河　川
装帧设计：后声 HOPESOUND
出版发行：中国青年出版社
社　　址：北京东四十二条 21 号
邮政编码：100708
网　　址：www.cyp.com.cn
编辑中心：010–57350371
营销中心：010–57350370
印　　装：三河市君旺印务有限公司
经　　销：新华书店
规　　格：880×1230　1/32
印　　张：8.75
字　　数：230 千字
版　　次：2014 年 7 月北京第 1 版
印　　次：2014 年 9 月河北第 2 次印刷
印　　数：12001–16000 册
定　　价：28.00 元

如有印装质量问题，请凭购书发票与质检部联系调换　联系电话：010–57350337

青年文摘图书中心精品书目

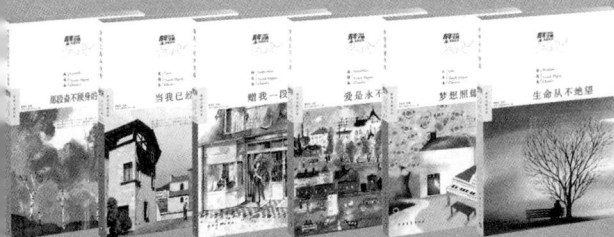